神獒悲歌

李海纯 著

图书在版编目（CIP）数据

神獒悲歌 / 李海纯著. -- 北京：北京燕山出版社，2015.6
ISBN 978-7-5402-3758-5

Ⅰ. ①神… Ⅱ. ①李… Ⅲ. ①长篇小说—中国—当代 Ⅳ. ①I247.5

中国版本图书馆CIP数据核字(2015)第083411号

神獒悲歌
SHEN AO BEIGE

作　　者	李海纯
责任编辑	郭东梅　涂苏婷
责任校对	甄　飞　岳　欣
封面设计	仙　境
社　　址	北京市西城区陶然亭路53号
网　　站	http://www.bjyspress.com/
微　　博	http://weibo.com/u/2526206071
电　　话	01065240430
传　　真	01063587071
印　　刷	成都市天金浩印务有限公司
开　　本	880mm×1230mm　　1/32
字　　数	160千字
印　　张	6.5
版　　次	2015年7月第1版
印　　次	2015年7月第1次印刷
定　　价	32.80元
出版发行	北京燕山出版社　BEIJING YANSHAN PRESS

版权所有　侵权必究

前言

震撼,藏獒与藏獒人

2013年底的时候,我接触到王占奎老师和他的獒园。当时我刚离开校园半年,正处在人格的再社会化的关键时期。在这个蜕变时期,我能够认识王占奎老师是万分荣幸的。他的坚韧的毅力以及对社会万象的从容态度,对我所产生的影响是异常深刻的。

后来,我又有幸接触到了多位优秀的企业家,但鲜有哪位企业家的心理承载能力比得上王老师。可以预测,从王老师这里得到的心灵财富将改变我的一生。

2014年的春节我是在王老师的獒园里度过的,从中深切地感受到王占奎老师及老一辈人为了藏獒事业所做出的努力。老一辈人坚守底线,不向市场折腰,只是为了保护藏獒这一珍稀物种。

如今獒界乱象丛生,到了亟须整饬的时刻。行业的混乱每每叫人心痛万分。普世浮躁,实在难以保持几分执着与坚守。如果不是接触到了王占奎老师,不是为他的坚韧的意志力所感染,我是决计没有力量完成这部长篇小说的。

创作这部小说,一来是以文学和象征的手法,宣扬藏獒的忠诚品格;二来是表达一种感慨——这个躁动的社会难道容不下执着与坚守吗?

据神话传说，二郎神的哮天犬乃是一只高原藏獒。而这部小说就是依据这个神话传说展开的。小说以虚幻的手法塑造出了神獒、二郎神、鸿鹄妖、紫麒道人、天帝、夷姬等一大批形象，重点突出了神獒的忠诚智勇的品格，最后以悲伤的结局收尾，表达了对忠诚与执着的精神的呼唤。

小说能够完成，还特别感谢张剑老师和岳朝中老师的大力支持。

李海纯

序言

藏獒,魅力不可阻挡

中国的藏獒产业,就像是我自己的孩子一样,是我看着长大的。从当初不被老百姓知道,到如今百万、千万的天价藏獒时有成交,这当中的艰辛一言难尽。

当时寻找老狮王的时候,由于高原缺氧,晕倒在雪地里,好几次险些丢了性命,当时就有种信念支撑着,就是要找到好藏獒,找到真正的神獒。

2013年年底的时候,电视台的朋友把海纯介绍到我这儿来了。这孩子,我一看就喜欢。问他为什么不在电视台干了,他也不说。后来才知道,这孩子是对藏獒痴迷了,说是要写一部关于藏獒的小说。我说好,你写吧。他又说藏獒是个古老的犬种,源远流长,要用文言文写,才能写出韵味来。小说写得可不容易,写到一大半儿的时候,删掉从头重写。出版社那边也帮忙出主意。小说里面大量插入了原创诗词,反复修改了几十遍,才完成了稿子。

藏獒行业早晚要交给下一代人。这孩子对文学、对藏獒都很执着,劲儿很足。藏獒正是拥有着如此的魅力与风采,能够让无数人为它着迷。同时,这个产业的兴盛与长远发展,也离不开文化的包装。藏獒文化是藏獒产业的一大分支，能够发挥出藏獒的延展价值。小说根据二郎神与哮天犬的神话故事展开，文笔很好，充分肯定了藏獒的忠诚品格。

希望广大獒友能够喜欢这本书。

王占奎

注：王占奎，国际犬业界资深专家、中国中原藏獒研究中心主任、中国藏獒俱乐部副主席，被业界尊誉为"藏獒之父""抢救保护藏獒第一人"。

2005年，因为在保护藏獒方面所做出的杰出努力，王占奎先生荣获"中华名人成就奖十大杰出名人"称号，受到党和国家领导人的亲切接见。

目 录

001	引 首
005	第一章　天地乱象显　陛下怜神獒
015	第二章　鸿鹄反圣庭　黑獒来擒贼
023	第三章　神獒显威风　智勇擒妖王
029	第四章　妖王取至宝　真君淹贼营
037	第五章　紫麒麟通敌　无形怪陨落
047	第六章　天帝观礼遇刺杀　神獒忠勇舍命护
057	第七章　神獒有功封为侯　既治水患又捉匪
067	第八章　忘忧之乐祸天下　神獒出征毁毒花
077	第九章　魔尊设阵济苍生　神獒奔走急备战
087	第十章　真君沉溺情欲欢　权势独大敢谋私
093	第十一章　雷霆神炮威力大　圣庭不防吃大亏
103	第十二章　情势陡转天帝奔　神獒倨傲自戕亡
113	第十三章　魔尊施法降厄咒　黑獒有望获新生
121	第十四章　二郎神丢卒保帅　弄巧成拙终入狱

131	**第十五章**	鸿鹄妖决心征服　巨灵神丧了性命
139	**第十六章**	反贼气焰正嚣张　陛下梦里思黑夔
149	**第十七章**	二郎神贪功冒进　陷入法阵身陨落
157	**第十八章**	兴时热闹迎新娘　败也落荒仓皇奔
167	**第十九章**	神夔复活大自在　反贼内讧起杀戮
177	**第二十章**	厉鬼恣意得恶报　真君复活降妖王
187	**第二十一章**	夔者无敌吞昊日　天下大治平内乱
197	后　　记	

引 首

赞曰：

皓月高悬洒辉光，繁星一时满长空。
牛郎七斗争灿烂，流风疾吹坚不移。
暗影不遮此辉芒，浩然忠义照天下。
漫天皆是精气盈，众生高仰群乐捧。
神獒对月高声啸，长音回荡天地间。

诗中所赞，乃是上古遗兽，雪域喜马拉雅绝巅之神獒。传言此兽乃真龙之子，盘踞寒山，而与世不争。其品性至纯，素来孤傲，纵啸绝巅上，奔腾雪岭间，每临孤月，常伴冷流。俯凌群山，小视凡尘。世间妖怪皆尊此兽为王，畏其神威，不敢来扰。一声怒吼，十里噤声。小妖战栗，精灵匍匐。飞禽经此绕远道，凶怪误闯悄退避。

值此时，天道昌盛，气象大新。圣庭与外夷互相往来，凡世熙攘，热闹纷繁。九天诸神高居上位，闲来无聊，掀起了收养宠物、坐骑之风。

下界走兽凶怪有长相俊异者，多遭虏获，囚为玩宠。其中豺、狼、虎、豹、熊诸妖，个性凶猛好斗，受各方战神偏爱；白象、麋鹿、天马、神牛者，以其敦厚风姿，为文臣钟怜。乃至于仙女、侍童等，亦乘机溜到下界，逮些小妖精灵回来。

乾坤圣宫守门大将巨灵神把主意打到了天山神獒身上，妄图收服此兽中之王。其降落绝巅，双脚一跺，大哼一声，威势散发出去，要吓一吓神獒。

神獒受了滋扰，猛地怒吼一声，震得雪峰轰然坍塌，隆隆不绝。其身一蹿，掀起澎湃气流，化为重岳，磅礴迅猛，已朝巨灵神铺压而下。此间之气势，把个巨灵神吓得亡魂皆冒，惊呼一声，不敢相抗，落荒而逃。诸神闻知此事，更不敢来犯。

二郎神主掌仙律地规，统御刑罚，位高权重，深得天帝倚重，为朝中元老。凡尘诸妖莫不惧他厉狠，大小仙神全敬他威严。其自命不凡，一心要降伏神獒，好彰显其尊。

二郎神变化成雄狮，以大法掩藏气息，奔入喜马拉雅山脉，与神獒大战。乱雪纷飞，狂风呼啸，一斗便是两百回合。神獒斗得过瘾，赤目一瞪，幽火喷薄而出，一下子便点燃了狮子毛发。狮子慌忙驾云而去，直至百里开外，化归二郎神模样，好不容易熄灭了周身烈焰。二郎神始知神獒之威严，心下感叹：此兽不愧为万妖之王！降伏此兽之心更为迫切。

二郎神心知神獒性子忠直，重义重孝，遂生出了条计谋。其请来梦神相助，趁神獒熟睡之际，化作真龙的样子，侵入神獒梦境中去。假言托梦道："世间将乱。汝当出山辅佐二郎神君，尊显其位，好大治天下。"神獒性情至纯，果然上当，自行出了高山寒岭，甘愿追随于二郎真君。

得神獒相衬，二郎神地位更尊，处处显摆。各路大将天神畏他神通,恭维迁就,不敢驳逆其意。二郎神日益骄狂。一日,二郎真君跨坐黑犽,前往拜会菩提老祖。菩提老祖骇然惊呼:"大祸矣!这神犽尊贵威猛,二郎真君怎敢辱之!"菩提老祖早已修炼有成,与大道相合,能预察未来,先知险情。

二郎神不敢轻视,疾声追问:"老祖此话怎讲?"菩提老祖悠悠道:"此兽乃为真龙之子,受诸妖共尊,而俯视众生。其品性至纯,不通人情事理,故先祖叫它盘踞寒山,独啸绝巅。真君以手段哄骗了此兽,强虏它做胯下战宠,把它带来了尘世,正扰乱了天行之常,实在酿下了大祸!"二郎神笑曰:"战宠罢了,何足在意。"

是非到头终有报。这二郎神强虏神犽为宠,后来果然遭了灾祸,以致丢了性命。那神犽身具王者风范,隐于绝巅也就罢了,竟被带到凡尘,自然要搅起一片风云。

至于此中故事,还需慢读全书。

第一章 Chapter 01 天地乱象显 陛下怜神獒

自盘古开天辟地，女娲造人以来，世间诸象显化，众生相扶而行。感先神缔创之恩，人道自强，常见聪慧恒毅之能者，时有探索引领之勇夫，其间燧人钻木取火，有巢筑屋，神农尝百草，始知自然之律，初识天理恒常。后生勇进，不愿庸碌循复，不忿病老哀苦，不服奴愚贫命，不甘轮回管束，遂苦修大道，勤悟奥义，习练术法，飞升成仙，提名封神。

至于其他诸道，争相法效，探寻超脱之法，求索永恒精神，于是化生妖、魔、灵、精诸般命象。感地势坤浩无边，诸道周转健行，及至后来，世间遂生万重界域，以仙、凡二界最广，又四极渊薮十方地狱附属，更有无尽洞府，星罗玄域，密藏于虚空之中，各成一域。或邻于洞天福地，能汲灵华，郁郁葱茏；或立于崇山之巅，独傲一方，临俯四野；亦掩于大湖深下，逐流而动，庇佑鱼子蟹孙。于是万象共生，嘈嘈切切，斑驳熙攘，复繁难辨。

世界之间，万域之中，有一方玄域，名作"紫麒域"，乃得道神兽紫麒道人所辟，融于远海天际，隐悬渺云之下，幻浮碧涛之上，为海天相交之处，宝气共汇所在。玄域里灵华浓郁，仙光缭绕，落瀑垂云挂悬，古木遮日而上，丛莽好远葱郁，玉露向暖飞雾。孤雁高飞，玄鹤长鸣。凤凰离巢将起舞，彩蝶花间忙介媒。

林木中坐一奇府，唤名"紫麒神府"。此府乃紫麒道人以先天至宝所化，掩于葱翠茂林之间，灵气莹转，宝华不散。

先天至宝名唤"万物母窑"，孕于宇外混沌之中，乃大道运转而自生，鸿蒙判后而蒂成，为紫麒道人费力所得，体态精巧，琉璃莹莹，为堡垒模样，内藏一窑，中有乾坤，能孕精陶，可孵美瓷。其中精陶美瓷，全系法器，各有功效，为凡世慕思，受修者爱怜。海外蛮夷远闻其名，知母窑之奇绝，怜法器之妙美，横跨而来，常候于紫麒域外，拜乞法器，以珍土、稀石、灵药、功法相易，竭尽其有，不敢藏私。

这日，紫麒道人正于炼器房敦促童子烧瓷，以珍釉稀土喂食神窑，辅以神火炎精,悉心照料,专注看护,陡见门童匆忙进来,唤一声"师尊",小声相报:"上庭战将总统领圣禽大元帅来访。"

紫麒道人吃了一惊,急迈出炼器房,将去客厅,见圣庭大元帅已迈步而来,揽上道人膀子,满面带笑,携道人往炼器房而去。大元帅肥头胖身,满面笑道:"大哥近来有何稀奇法器,本帅心奇难耐。"

紫麒道人心中暗叹,知此禽深得陛下恩宠,统御十方天将,凌驾诸路王侯,当下不敢逆驳,遂前头领路,连破数道结界,带此禽步入储藏室中。

仓储之中,恰一窑法器新孵不久,罗列满架,个个玲珑,件件精美,金泽点点而闪,宝气氤氤而蒸,瓷华莹莹润滑,釉色清亮鲜明。此间金樽浩威,墨砚孤卧,朱碗独傲。金樽浩威,三龙冲天鼎足立,鳞光闪闪势浩正;墨砚孤卧,美人披纱横幽潭,慢捻柳枝凝眸怨;朱碗独傲,高脚孤立出世姿,心怀广胖与天融。游白地,青花锦鱼跃欲出;藏花间,粉彩杜鹃鸣翅展。瓷樽肚上自一界,玉壶瓶身有绝画。重重山岗藏清水,幽幽庙宇是净处。

见这满目琳琅,个个绝伦,圣禽大元帅不由赞一声:"妙哉!"赞叹之时,已捡出个墨砚,轻托手掌上,一转神力,见潭边美人悠悠醒转,幻成常人高低,轻迈舞步,翩跹而动,含雾而笑。圣禽大元帅瞧得心动,不由步上前来,一把抱住美人儿。美人娇嘤一声,明眸里若嗔若媚,软臂轻推,欲拒还迎。

大元帅轻笑一声,已忍不住上下其手。岂料那美人儿陡然逸散开来,化作七彩光华,溜出其怀。大元帅急切一寻,复见她组合于数丈之外,婀娜曼妙,千娇百媚。圣禽大元帅一挥袖袍,击散了美人,连声赞叹:"好宝贝!诗书美人!文臣墨客皆好之!"那美人儿倒已化成斑斓流彩,点点落回墨砚里去。

道人笑曰:"皆是些玩耍物件儿,元帅不妨捎些回宫。"圣禽大元帅呵呵一笑，放下了墨砚，穿出结界，与道人同返客厅，相让坐下。大元帅轻呷香茗，叹曰："近来海外蛮夷之徒屡侵圣朝，抢掠各方玄域，冒犯陛下威仪，受各域状告，为诸王声讨。其本宵小之辈，不感陛下包容怀仁之德，反损圣庭安宁，寻衅滋事，不知尊卑之情。"道人笑问："外夷多盗，不知元帅有何对策？"

圣禽大元帅复叹一声："陛下怒其背信弃义，厌其骄妄之姿，直欲断绝其交，封闭远海，关锁域道，以禁其患。"紫麒道人吃了一惊，讶异出声："此事果真？"大元帅呷一口香茗，搁下玉杯，面带隐忧，并不答话。

紫麒道人心下一慌，急声相劝："小道与海外常有往来，深知其间不乏能人术士，多藏勇慧聪颖之徒。且其中战斗术法，迥异于圣庭，另开一途。至于炼器之强，控兵之奇，堪称佳绝。若断绝其交，闭锁而自封，无异盲目而行，缚脚而动，其中之险，或致倾覆！"

大元帅叹道："朝中百官不知其害，皆不敢言。本帅凭一己之力，难使陛下回心。"

紫麒道人知他意图，急唤童子将一窑法宝呈了上来，叫元帅捎回宫去，分予百官。大元帅搬弄袖里神通，把一窑新瓷靓宝吸纳进去，笑道："大哥放心，小弟定转达百官，陈其害，言其弊！"笑音甫落，便已大踏步向府外而去。

这凶禽叱一声"去也"，周身灵雾涌起，便化出本体，乃为只苍鹰，双目锋锐，一冲而起，直破云霄。原来大元帅乃妖修出生，为天帝陛下偶遇，爱其骁勇之姿，搏斗之情，收作战宠，镇御天下飞禽。又以忠于圣听，处事尽心，处处周详，为陛下倚重，竟入仙班，擢升大元帅，统领天兵天将。这苍鹰弄神通，直破数重云阙，展翅凌翔，遨游九重天上。

九重天极高之处，渺云翻涌之去尽，一汪蔚蓝之上，正为圣庭所在。当中一座圣宫悬立,四下许多仙府神殿相绕。中间圣宫唤名"乾坤天宫",正为天帝圣宫,腾起而翔,俯视八方,巍巍而立,能割阴阳。势宁天下,凌于九霄之上;威击苍穹,欲与天道比高。其间雕梁画栋,玉柱金桥,流泉不歇,香草常青。亭台相接,四角碍白日;楼阁无穷,红盖摩苍穹。奇石稀土搭假山,名松古柏作盆景。五行分属出差错,四时之变不通行。

  天宫正中乃为宝华殿,天帝高坐圣位,与群臣诸卿共议要事。诸神肃立下庭,分列三班,文臣武将各列一班,其余仙神以二郎真君为首,执掌刑法律罚,监察天地,自成一班。恰天帝问:"下界小妖滋事,是何由头,诸爱卿可探查清楚?"

  二郎真君奏曰:"南域之乱,乃五千年鸿鹄妖领头作乱。其不服命理,妄乞仙位,数遭严拒,竟恼羞成怒,纠集妖魔鬼怪,设阵陷杀镇南王,沦为流寇。其以一己之私,挑衅圣法,目无天威,定当严惩,以张法度,以儆效尤!"

  天帝便道:"小妖为乱,不足为虑。哪位爱卿愿领兵镇压?"

  圣禽大元帅主动请缨,道:"臣愿领兵,到下界行上一遭。"天帝笑曰:"鹰儿甚是忠厚。既晋升大元帅,统领天兵天将,何必事事躬亲。且叫巨灵上神去凡尘行上一遭。"受天帝点将,巨灵神匆匆出列,万分惊喜,赶忙应道:"小神万死不辞!"

  天帝不去管他,抱怨道:"海外蛮夷屡犯圣庭威仪,寻衅滋事,诚不堪其扰!其遣奸细偷习吾朝法术,盗取神通要诀,且喜好窜逃,藏头露尾,数剿而无大功。寡人意欲封闭远海,断绝滋扰,不知诸卿以为如何?"

  此言一出,殿堂下立时有文官谏曰:"陛下!吾闻海外之地广博浩瀚,物产富饶,多藏奇珍异宝稀矿贵土,且不乏战力强绝之士,若贸绝其交,封锁界壁,恐生其怨而引发战事。"天帝赞曰:"爱卿真乃敢谏之臣。"又嗤笑道:"海外小夷,不懂神通,不悟大道,蛮愚不化,何足惧哉!"

圣禽大元帅靠迎合善揣而上位,乃是个墙头草,随风便倒。其已摸着了陛下心思,赶忙出列上奏:"陛下所言极是。外夷多出古怪稀产,难媲吾庭之物博地广。且其间多为野蛮之徒,抢掠偷盗,实不堪交好。依今日形势,不若叫手下诸将联合而动,结下超级大阵,构筑绝世壁垒,封闭远海,永断其患。且在壁垒之中预置通道,遣强将往来巡看,不叫蛮夷破坏。"

天帝正有此意,不由欢喜,只觉大元帅说到了心坎儿里去,立时决定了下来。便见天帝老儿一拍王座,大赞曰:"鹰儿明事!便依此计,悉心准备,不得有误!"

群臣见陛下已作了决定,虽有异议,不好再谏,违心遵一声"喏"。其眉头紧锁,愁绪更胜:不能直言而心下憾然,圣意独裁而惴惴难安,预知劫厄而忧虑深重。

群臣之中,唯圣禽大元帅精气饱满,谨遵陛下旨意,全心服从,斗志昂扬。其率诸路战将搜集材料,钻研秘阵,严密布置,反复监察,欲设下绝世大阵自断远路。大阵设于无垠远海,立于断流前头,由珍材稀矿构筑而成,庞然浩大,正望海外之茫茫混沌。法阵中间,遣风、雨、雷、电四战将立身高处,招引虚空能量。令五千精兵立身断瀑之前,均匀而列,各执一旗,凝神听命。

至于圣禽大元帅,跃入阵眼中,光华大涨,迎身九重天,独傲沧海上。但闻其大叱一声,便要启动绝世大阵。正此时,远际陡然传来一声喝阻,一朵彩云紧追而至。来人仙风道骨,正是紫麒道人。

道人奔赴而来,扼住大元帅手腕,急声相劝:"此阵万不可启动!封锁远海,自闭于内,无异作茧自缚,实乃亡覆之策!"大元帅笑道:"大哥无须多虑,此乃陛下法旨,又为诸神共议之策。唯依此计,方能断隔外夷之侵扰,永绝其患。"道人乞求道:"万万不可!依闭锁之策而绝其滋扰，以避退之法求取安宁，好比舍本逐末，故步自封，贻害深矣！"

闻道人喋喋不休，圣禽大元帅心下不耐，恼怒大斥："吾圣庭悠悠而来，繁盛无比，镇坐宇宙中央，得诸天星辰围拱，日月轮转相护，九重天阙广阔无垠，十方地狱阴暗无边，何惧化外野徒！"大斥之时，大元帅猛地用力，骤然一拉，便要把手臂抽回。岂料道人死死不松，紧紧扼住大元帅手腕，神色激动，满脸恳求。

大元帅不由怒起，瞥一眼紫麒道人，蓦地使神通，手臂一缩，一滑，便溜出道人手掌。左右大将立时上前，拉住了紫麒道人，直往远处拖。道人为天将钳住，挣脱不得，唯疾声大呼："欲隔往来之浩浩前程，妄阻发展之无穷威势，实乃逆道行径，必遭反噬！"

大元帅不以为意，陡然喝一声"启"，风、雨、雷、电四大战将一齐发力，灵阵运转，精气涌聚而来，宝华旋绕而下，高天黑云汹涌，怒鸣不止，风雨之势为用，雷霆之力来借。下方五千天兵，各执一旗，接引能量而下，全力施为，砌筑能量壁垒。唯见：沧海浩荡涌去，汪洋威猛奔远。银鱼随浪，鲸鲨前冲。海燕敢搏击，白鸥慕高飞。礁岛独擎，坚忍不拔向天仰；雪浪层叠，前赴后继哪时退！

天帝陛下全不顾自然之理，苍生勇竞之情，竟逆道而为，欲闭封不出，委屈自保。阵法一启，斑斓精气汇来，五行能量应召，共来砌绝世坚壁，欲断远途，自隔视野。

大元帅叱曰："众将士加把力气，封闭了此间，好向陛下领赏。"

但见沧海极尽，灵雾翻涌来汇，彩华汹汹滚动。众将士一同使力，吆喝一声，声震长空，便导灵华侵入汪水，以隔断沧海。蓦然间，大元帅痛呼一声，身子大震，嘴边鲜血涔涔滴下，神色痛苦，唯苦苦支撑，不敢贸然撒手。倒不见沧海如何发威，依旧慢迤而去，绝不知其下暗潮涌动，不可硬阻。

正此时，高空里陡响起一声龙吟，嘹亮激荡，振奋士气。更见五爪神龙拨开云雾，显身高空。

圣禽大元帅赶忙大呼："陛下圣恩！"盖五爪神龙正为天帝陛下，竟亲身前来。神龙五爪斑斓，头角狰狞，全身金光熠熠，鳞甲片片飞扬，静卧尊势显，不怒气自威。其昂然长啸，直叫宇宙噤音，星辰战栗。其身长百丈，盘旋云海之间，口喷仙气，全洒进能量壁垒中。得陛下相助，天兵天将尽出全力，大叱一声，果真构成了能量坚壁。天地轰鸣一声，白浪拍障而返流，藩篱圈成，强断沧海之去势，阻隔回风之来归。

圣禽大元帅欢呼一声，收了大阵，率天兵天将一同归返。正此时，妖异陡起！晴天上猛地炸响一声惊雷，血色霹雳闪现不息，苦雨滂沱而下。昊日见吞，浮云湮灭。阴风呼啸，魔气翻涌，天地极暗无光。乍如地狱升凡尘，更若人间坠暮尽。大元帅心下胆骇，连声大呼："众将士莫慌！"

就连天帝老儿亦受了一吓，匆忙收起神龙之体，化成人形，便要溜遁而去。然其陡然明悟，觉知此幻象乃暗狱阴魔所为。天帝怒骂一声，逆冲而上，将龙袍一挥，化作遮天之布，敛收了高穹魔气；长吟声声，浩气激荡，直涤尽了世间之鬼啸阴号。天地之间立时恢复了清明。圣禽大元帅满面仰佩，拍手称好，赶忙溜须谄媚去了。天帝倒无心思理他，怒气冲冲，独回了圣殿。

至于地狱极渊之尽处，藏一圣地，名曰"万灵魔窟"，自成一界，为法宝所化，遁游于幽暗之中，飘忽难寻，踪迹难测。魔窟之内，灵华浓郁，可见金榆列阵，劲拔笔立；青竹抖擞，骨节分明；钉槐桀骜，孤傲不屈；绿松蓬盛，能擎一方。幽湖静卧轻皱容，四下悄合重林密。猛虎徘徊神猿返，啼声回荡吼音低。幽湖中央，有绿洲横卧，其中古殿掩映，密林苍翠。魔气蒸腾缭幽竹，幻象明灭绕古木。其间青龙常现，朱雀隐伏。

太古大神之慧语远播而去，历来大妖之执念萦转不息。殿堂匾书

"正义殿"，其间布置依仿仙庭圣宫之宝华殿，有褐衣尊者端坐宝位，其下众魔分班而立，四下更是纯魔极阴之精气翻涌不息。盖此窟乃先天至宝所化，伴依混沌而生，暗集地狱太阴之力，悄聚往昔逝灵之死魂精能，汇万古众生之识念，纳世间诸象之执愿，久之有灵，滋生众魔。

至于上位褐衣尊者，正为此间王主，自封为尊，统御诸魔。尊者身披褐袍，周身清朗，鹤发仙颜，不生不灭隐苍忧，全气全神藏韬度。殿中诸魔身姿昂立，姿仪绝俗：武者魁梧，气概凌云，有不屈勇猛之意；文士明慧，胸有乾坤，藏经天纬地之能；乃至于童子侍仆之属，个个精干，聪颖绝伦。

魔尊端坐高位，长叹道："谬矣！不思荡敌平寇之策，反自封避祸，自缚手脚而待毙！其自大傲狂骄满之姿，全发于胆怯畏惧之心，懦矣！竟罔顾天行循复之常，假九天之威而强筑隔绝之壁，自垒牢房而己囚，荒唐至斯！世间恐有大劫矣！"

堂下立时有武将骂道："圣庭昏庸！恨不得立时领兵，将天帝老儿推翻！"又叹曰："惜吾等皆为魔灵之体，集往昔壳魂僵魄之精能而孕出本体，藏于此方魔域中，遁游地狱极渊之下，难撄世阳，不敢宣战圣庭。"

魔尊笑道："天帝主掌九天仙神，统御世间众灵，制衡各域王侯，监察诸道轮回，其位要冲寰宇，其身尊贵难犯，吾等依先灵之魄力识念而生，自当尽心辅佐，万不可提叛反之事。"有文者复叹："尊主以大神通搬末世异象相警，竟得其恼怨！世间之劫恐难渡矣！"

魔尊苦笑："吾等委身至宝之中，缥缈于幽冥之下，穿梭于幽暗之间，无惧圣庭发兵来攻。只忧虑世间遭劫，难测天道之去势！"当下复一声长叹。

再说天帝老儿归回乾坤圣宫，怒气难抑，急唤来顺风耳、千里眼二将，令二人搬追踪之术，弄探察仙法，搜寻魔窟藏匿所在。千里眼不敢耽搁，当下弄神通，目射金光千里，巡查世间万象，只见幽渊之中，处处魔尊幻影，不能确定其位，只急得满面赤红，焦急不已。顺风耳道一声："且叫小弟使使神通！"说时弄术法，尽收万籁之音，仔细辨查，只听下界之中，诸魔嘈嘈争吵，隆隆回响，难辨其向。

二将不敢隐瞒，跪伏于前，胆胆颤颤，向天帝如实上奏："陛下恕罪！吾等使尽手段，竭弄神通，追索源真，探查本象，以万般术法求寻小魔声象，然其迹频动无定，其形幻化不捉，其声渺遥飘忽，其音混杂难辨，委实难以判断！"

天帝无奈，挥手令二将退下，喝道："巨灵神何在？下界鸿鹄妖作乱，怎还未能擒上来问个清楚？"巨灵神颤颤惊惊，诚惶诚恐，小声奏曰："小妖奸狡，恳请陛下宽松时日，定把鸿鹄妖擒捉上来！"天帝顿时没了耐心，向堂下问："闻二郎真君降伏了天山神獒，收为坐骑，可有此事？"二郎真君禀曰："确有此事。"天帝赞曰："那黑獒勇猛异常，乃是万兽之王！何不驱神獒擒来鸿鹄妖，好给它个立功机会。"

那太上老君掐指一算，惶恐禀告道："万万不可！"天帝惊问："有何不可？"

太上老君便道："那神獒乃是兽中王者，气概绝俗。唯可惜它品性至纯，不通世俗礼法，恰好似齐天之圣。那鸿鹄妖奸猾得很，聚众称王，野心勃勃，正是个地上的霸主。若叫此二者相撞，定要掀起番大乱来。"天帝笑道："便要瞧瞧此二兽能掀起番甚样的风浪来。"

太上老君叹曰："命数矣！"

天帝复下令："且叫那头黑獒下到凡间，把鸿鹄妖擒上来问罪。"二郎神忙称遵命。

第二章 Chapter 02 鸿鹄反圣庭 黑蓁来擒贼

且说下界广博无边，地势坤浩，可见连绵火山抱群环立，亦有百里寒潭独卧一隅，西连黄沙戈壁之苍凉，东接汪洋沧海之浩荡，四周有极深渊薮围拱，深下得十地幽狱附属。更有瀚水长流源出九天，直泻而下，奔腾澎湃，凌于虚空之中，滋养地界，分隔南北，育哺众灵，世称"地上银河"。

其阴有要隘独卧，名曰"灵乐寨"，乃为反贼寇怪所设，背依瀚水，三面环山，易守难攻。山寨周下灵华浓郁，瑶草接远，灵葩争妍，仙芝流彩泛斑斓，枸杞葱翠缀朱丹，芬兰玉展绽秀靥，参娃无愁娇憨闹。

寨中本供奉诸路仙神，享凡尘祭祀，受平民祈愿，而今为反贼改造，推倒仙塑，摧毁神像，翻作造反之寨，外围更有妖怪往来奔劳，构筑工事，设置阵法，积极备战，豺狼虎豹俱全，鬼妖灵精皆有。寨里端坐上位王座者乃为五千年鸿鹄，苦修成妖，修为绝艳，风华正茂，神采勃发。

便闻其正向手下喝令："诸道友戮力同心，以上古秘法构下守护巨阵，与地势相接，覆盖十里方圆，叫天上神仙攻破不得！"

便见虎豹统领遵一声"喏"，领命下去。又有狼怪吵嚷着近前，欢喜道："大王，已将土地公擒来！"闻其呼喝一声，便见个白发老翁自后头抛上前来，"嘭"一声重摔在地上，滚落阶下。

此老翁正为南疆父母官儿，土地老儿是也。平日里享尽小妖孝敬，受得仰佩讨好，倒也自在。不想一时大意，遭反贼擒拿，丢来丢去，尊严全失。

土地老儿呻吟一声，索性闭上双眼，躺在地上，不闻不看。鸿鹄笑曰："土地老儿，装死作甚？"笑音甫落，挥一挥手掌，劲风一掠，便已松开土地公捆缚。

鸿鹄跃下王座，将土地公扶起，满面笑道："土地公乃为此间父母官儿，且来上书一封，具陈此间实情，实言镇南神侯之恶，莫叫天帝老儿冤枉吾等。"

土地公本是个懦弱柔善性子,而今身陷贼窟中央,哪敢言拒。便闻其颓然叹息一声,全依妖王之意,写青书一封,具言贼怪叛反之情由,替之求情,加盖印章,传到圣庭去了。

盖此中山脉唤作"灵乐山脉",毗邻瀚水长流,受滔滔水灵滋养,迎南荒重山林森之葱郁灵华,承北国人情盛乐之福佑安运。其间精灵鬼怪者皆怀向善之心,一心修道,不扰凡尘,不坏俗情。鹰鹭自飞,狼豺归林,虎豹隐伏,蛇蟒卧洞,龟鳄深藏。至于灵草仙葩神药圣果之属,亦富藏其间,多开灵智,修成精灵,嬉戏清流,耍玩仙霞,拨弄灵华,笑闹追逐。

周野百姓为山中古刹感召,不惧山中百怪,不畏林中寒瘴,远近结群,络绎而至,祭祀祈福,献礼祷拜,或谋升迁之法,或探求财之径,又愿平息祸事,更访得道飞天之捷途。至于反妖之王,本为山中鸿鹄妖,常栖于刹前梧桐树上,吞纳古刹仙光,沐浴宝华,每闻众生祈语,常知世间疾苦,日久生智,赋禀颇高,悄修法术,暗习神通,开悟。其修道有成,欲脱换妖体,飞升成仙。不曾想遭镇南王阻拦,不予神位,数乞而不得。

又得祖先托梦,曰:"今之天地,欲谋飞升者,必先行礼于上官,拉拢关系,投其所好,或赠之妖姬美人,或网罗奇珍稀宝。"鸿鹄妖嗤之,不以为意。其忧虑苍生苦寒,清正坚毅,不屑逐流。

梦中,老祖复劝:"灵乐山脉毗邻瀚水而卧,为南北灵运共汇之所,每受仙霖,常涌地乳,其之深下宝华混糅,福运交融,隔万载能孕混沌母石,有洗髓换骨、翻升道行之神效。若觅得此石,敬献天帝陛下,则福运天降,立地飞升。"

鸿鹄妖不信其真,心道:胡梦罢了。

一日,有天兵降落古刹,神光莹莹,向鸿鹄妖传令:"镇南王大人有事相询。"鸿鹄妖不敢违令,当下化作人身,雪翅一拍,火光燎燎,与那天兵一同飞去镇南王府。那镇南王单辟了一方玄域,名曰"极乐殿堂",隐于群山间,不为世间所知。

鸿鹄妖随那天兵迈入了极乐殿堂。镇南王已守在大厅。镇南王头戴彩翎冠,肩披青云袍,身着金丝甲,脚蹬流云靴,实在威武得很。更有黑白两刀悬在身后,乃是赫赫有名的阴阳镇奴刀。这双阴阳刀已不知割了多少首级!

鸿鹄妖惶恐不已,赶忙向镇南王行礼。便闻那镇南王直言道:"汝修道至今,已有五千年光景。若能替本座寻来混沌母石,准保汝立地飞升。"鸿鹄妖不敢多言,赶忙应道:"小妖定然竭力去办。"镇南王复交代道:"此事万不敢张扬出去。"

鸿鹄妖诺诺应下。甫一出了极乐殿堂,鸿鹄妖便四下搜寻开来。凭它怎般巡飞,全没有混沌母石的踪迹。况且它性情高傲,不愿受制于外,不多久,竟忘了此事。

一晃两个月过去了,镇南王遣天兵再召鸿鹄妖。甫一见鸿鹄妖,那镇南王疾声相问:"可寻着了宝贝?"鸿鹄妖如实道:"小妖遍巡山脉而未有混沌母石踪迹。怕是大人弄错了消息。"镇南王登时大怒,斥曰:"此乃上庭二郎真君亲自交代,岂能有误!"鸿鹄妖辩驳道:"许是二郎真君弄错了消息。"

镇南王喝一声"放肆",当下便令:"把此个小妖拿下!"便有天兵奔上前来,左右架住了鸿鹄妖。鸿鹄妖不敢反抗,任由天兵擒住,丢进了牢狱。

可怜这个鸿鹄妖,无端遭罪,竟入了大狱。那牢狱有阵法相护,当中关押三百妖怪,多是些嗜杀大凶之徒。一来二去,鸿鹄妖便同它们熟络开来。这日,鸿鹄妖同诸怪商议:"俺等想个法子溜出此间。"

那些个凶怪便道:"这牢狱有法阵相护,怕不好溜逃。"恰好凶怪中有只穿山兽,善遁隐之法,精脱逃之术,立时嚷道:"此事便交与俺了!"

但看那穿山兽双目溜溜一转,变出个宝梭,往阵法上一戳,登时穿了个眼儿出来。一干凶怪连声呼好,赶忙发力,一齐攻向那里,便闻轰隆一声巨响,整座法阵陡然爆破开来。那三百凶怪一下子咆哮开来,见着天兵便扑,逮着侍童便咬,嗜血暴虐之性无可遏制。

镇南王暴怒,黑白阴阳双刀化成太极图,照着鸿鹄妖便压下。那鸿鹄妖喝一声"好",双翅一拍,喷出团烈焰来,正好抵住了太极图;右手一甩,迷香流转,惑敌眼耳,滞其神,禁其魂;左掌一推,飞羽劲射,照着镇南王脑门儿便去。

镇南王不敢再抗,哀呼一声,仓皇奔逃。这王侯高居上位,安逸惯了,竟敌不过凡世鸿鹄妖。那鸿鹄妖紧追着不放,掌间激出两道神火之链,一下子捆缚住了镇南王。只见那鸿鹄化出本体来,口一张,便把镇南王吞到肚里去,连渣儿都不剩。

那三百凶怪皆不怕死,索性要大闹一场!当下奉鸿鹄妖为王,据守古刹,设山寨,筑大阵,又擒来土地爷,上书一封,请求陛下宽恕!土地公口中念咒,搬运物秘法,传书到上庭去,请陛下宽慈。宝华殿上,侍官把奏疏上陈天帝,奏曰:"下界妖精作乱,坑杀镇南王。"

天帝把奏疏一看,便问大殿:"众卿以为如何?"

千里眼谏曰:"镇南王仗势称霸,欺愚山中灵怪,欲图谋混沌母石。乃是罪有应得。"顺风耳亦道:"不妨把妖王擒上来,问清楚由头,莫要冤枉了它。"

此二者素来明辨,深得陛下信任,故敢真言直谏。天帝允道:"便依爱卿所言。遣巨灵神下去,把为首妖王擒上来问话。"

巨灵神乃为上庭大将,以形体彪美,肉身悍健闻名,名噪世间。遵了陛下圣令,领天兵天将奔袭而去。那巨灵神隐伏云层里,搬个明目神通,往灵乐山中一扫,赫然大惊,只见其间寒瘴汹涌,好比万兽奔腾,浓霭弥漫,难见妖寇踪迹。巨灵神不识反贼布防,不敢贸然深入,遂令天兵击鼓,向山中叫阵:"贼子可敢一战!"

鸿鹄妖大叱一声,拔身而起,冲了出来。这妖王同巨灵神甫一照面儿,便已扑杀过去。巨灵神一时大意,便叫妖王占了上风。巨灵神赶忙化出神兵,乃是杆枪,通体冰寒,名曰"大威冰寒枪"。神兵锋锐,挡住了妖王的气势。一斗便是三百回合。妖王敢以命搏,愈斗愈勇。巨灵神常居上位,甚少拼杀,终为妖王气势所骇,不敢恋战,落荒而逃。

妖王追杀数百里,始收了凶威,归返山寨中去。一进大堂,妖王大笑:"酒囊饭袋一个!斗不过本王,倒先溜了!"便有只厉鬼飘忽上前,嚷嚷道:"大王快且讲讲!"

那妖王往宝座上一跳,便吹嘘起来,说它如何大败巨灵神,天军铩羽而归。诸怪听得又喜又忧,皆不敢作声。

恰此时,堂上陡然漆黑,阴风骤吹,暗影乱舞。更见堂外高空里,魔云翻涌吞日,血色霹雳惊闪。山中妖怪哪知此乃魔尊之大神通,全以为天罚降至,个个骇得不敢乱动。妖寨一时寂静。幽暗里,不知哪个小怪吓得哇哇哭开来,一时诸怪大惧,乱作一团。或搬弄遁术,藏入地底深下;或凝聚护盾,守护己身。更有甚者,骇得瑟瑟直抖,全凭老天处置,生不出一丁点反抗之心。

片刻后,空中金光乍现,漫天魔云为天帝击破,皆消融不见。天地复亮,恍若隔梦。诸怪不明所以,皆言侥幸。妖王一拍王座,振臂大呼:"今之异象,乃为大道示兆,圣庭将亡矣!"又曰:"近来紫微西垂,群星将凋,乃为灾劫之象!吾等同心,定可另开盛世,还世以普乐大同!"诸怪尽皆信服,斗志大涨,激慨昂扬!谣言遂播散开来,以一传十,皆言圣庭将亡,日不久长。

山怪水妖虽远来附,竟集合三千妖兵,假地形崇山之险,构寨筑阵,高树旗帜,自称一界,与圣庭叫板!于是南荒之乱,起于镇南王之骄狂，假魔尊末日欺世之象，遂成规模，敢撄上神圣威。

再说巨灵将为鸿鹄妖所败，不敢据实回报，禀曰："反贼龟缩于妖寨之中，藏而不出，不敢出战！"天帝恨其无能，遂遣派圣禽大元帅与二郎神一道降临下界，好收服了鸿鹄妖。二郎神跨坐着神獒，凭虚腾翔，驰骋于高空上，直落下九重天，往地界来了。那神獒有牦牛儿大，通体乌黑，双目闪烁幽火，猛地一声长啸，惊得重山寂静下来。

二郎神正要放神獒到山里去，圣禽大元帅陡然喝一声："且叫本王把那贼子擒住。"好个大元帅，喝一声"咄"，忽地化出本体，乃是只雄昂苍鹰，见风便长，身长千丈，双翼垂天，一声清唳，双翅一拍，便见狂风乍起，直袭妖营，卷得浓霭四散，密雾慌逸。然瘴霭乃为山中自生，绵绵不绝，欲止还乱；寒烟亦与寒流相接，无穷无尽，狂风过处，欲息复涌。

圣禽大元帅止住风势，收了本体，叹曰："叛贼扎寨于山脉深处，为浓霭所遮，受重雾环抱，倒不敢草率闯进去！"又掏出个法宝，乃是个锦袋，往空中一丢，见风便长，吹鼓得满满的，直对着山脉便吸。盖此法宝唤名"乾坤宝袋"，乃为天帝亲赐，由仙女以天蚕银丝编织，四下金边相嵌，其上绣花精刺，似闻淡香萦转。看起来是个闺中香袋，无甚大用，不想经天帝圣力一加持，便有了吞纳山河、颠倒乾坤之神威。

这乾坤宝袋对着山脉一吸，便见深潭瀑布逆飞倒流，莽莽郁林翻卷而上，中间猿猴哀鸣，白虎挣扎，猛禽扑扯。天兵天将瞧得欢喜，正欲相庆，陡见山脉中央，有法阵乍现，莹莹闪光。其中宝华流转不息，似与地根浑然相融，彻绝乾坤宝袋之吸扯，断隔了高天翻覆之力。

圣禽大元帅收回乾坤宝袋，把些个山土碎石合一众小妖幽影，随手抖落到瀚水之中，叹曰："贼寇已构了法阵，与大地相融，力量源源不绝，宝袋实在吸扯不动！"

二郎真君笑道："大元帅莫在意。且叫此獒把鸿鹄妖擒来。"说话时，拍一拍神獒，那獒便化成道黑风，窜入山里去。此獒乃为上古遗兽，为万兽之王。只见它赤目射寒，掩藏幽冥烈火；血口无情，包裹尖牙锐齿。一声巨吼，好似重山之奔雷；疾驰而跃，若同飘逸之流云。

二郎神叹息道："那菩提老祖说此獒是祸患之源，太上老君预言此兽将搅动风云，倒不知该如何是好。"

第三章 Chapter 03 神獒显威风 智勇擒妖王

神獒听从了二郎神差遣，势比雄狮，迅若疾风，一下子窜入到深林里去。其四肢健壮，震得山体轰轰作响。腾起一跃，便是数十丈远；身躯庞然，似山岳漂动；双目圆瞪，赤色烈焰喷薄而出。长吼一声，音波滚滚而奔去。一去数里远，往个山坡上一跃，昂首而立，俯视一营妖怪。

有只厉鬼藏在大阵外头，眼看神獒来攻，慌忙溜进法阵里，向妖王报信儿去了。那厉鬼声音直颤，惶恐传音："大王！大王！神兽来袭！"鸿鹄妖高坐大厅内，朗声笑曰："可是东海紫麒麟来了，不足惧哉！"厉鬼据实禀曰："并非东海紫麒道人。乃是喜马拉雅之獒王。"鸿鹄妖一下子站起身子，惊呼道："敢情是那只神兽！"这妖王又问："众兄弟莫慌，哪位与那凶獒会上一会？"

便有头虎怪跳将出来，请缨道："本王愿去法阵外，把那獒兽擒来。"鸿鹄妖允道："虎王便同那獒会上一会！"那虎妖喝一声"好"，化成本体，乃一头花斑猛虎。这猛虎身躯一抖，蹿出了妖寨，扑到护阵外头。黑獒全没把此头猛虎放在眼里，神色不动，瞧也不瞧一下。那猛虎往山丘上一看，见那黑獒强壮高大，隐有无敌气概，不由露了些怯意，低吼了三声。那猛虎犹豫了一阵，把前肢一弯，便要往山顶上冲。这下惹恼了黑獒，猛地长啸一声，震耳欲聋。那猛虎一下子蔫了，生生停住身子，哀吼了一阵，耷拉下脑袋，灰溜溜回了妖寨。

看猛虎铩羽而归，狼妖嘲笑道："虎兄好本事！倒还真敢吹牛，说什么山中大王！"无端受了讽刺，那猛虎恼羞成怒，大吼了一声，血口一张，扑过去便要咬狼怪。狼怪亦是个狠厉性子，化出本体，周身寒毛倒竖，目中血芒大炽，杀机毕现，便要同猛虎死拼。四周妖怪赶忙拉架，呼喝着不叫二者打起来。那恶狼扑腾着四肢，挣脱不开，终于收敛了杀气，化成人形。众妖亦放开了猛虎。

那猛虎开口道："神獒不愧为万兽之王。身具霸者气概，实在不敢撄锋。"狼怪立时挖苦道："没本事！平日里威风凛凛，全是装样子。"那猛虎号称丛林王者，得四方敬重，哪受得了这般侮辱，便已扑了过来。眼看这猛虎同狼妖又要斗起来，鸿鹄妖赶忙喝止。鸿鹄妖开口道："狼兄这便去会一会那头獒犬。"

狼怪呼喝："小的们，随本王前去，把那獒犬擒来问罪！"那一干恶狼呼啸一声，化成道飓风，奔出了妖寨。

狼群扑到法阵外头，仰天长嚎，二话不说，立时便往山岭上冲，已合围住了黑獒。此些恶狼个个凶残，尖齿烁寒，目中贪婪，挑衅神獒王者之威。那黑獒尝盘踞喜马拉雅之绝巅，素来倨傲，睥睨世间，岂把些个凡妖俗怪放在眼里。这黑獒吼了一声，身子一跃，俯冲而下，势比千军，把近处一头恶狼撞飞出去。那恶狼痛嘶一声，后腿往虚空里一蹬，借得了轻风之力，竟硬生生止住了身子，又折身而回，张口便往獒脖子上咬。

这黑獒双眼一瞪，两点幽冥烈火激射出来，窜入巨狼双目中去，痛得那恶狼惨嘶不已。又有五头巨狼合围过来，气势汹汹，直朝神獒撞来。那黑獒脚踏虚空，往狼背上一踩，顺势撕了个肉块下来。一蹿而高起，俯冲落下，掐住了头灰狼，就地一滚，灰狼一命呜呼。

狼王周身呈赤血之色，喝一声："张狂！"四肢疾奔，化出浩大幻影，便朝着黑獒扑压而下。那黑獒长吼一声，音波凝实，"噌噌"作响，一下子击碎了血狼幻影。前爪一挥，便抓向血狼腹部。二者便已缠斗开来。黑獒力量大，气势猛，一身毛发似叠浪汹涌。狼王矫健，左窜右游，身形缥缈无迹。只斗得四下土石飞射，疾风劲吹。

逮着个机会，黑獒咆哮一声，双目间喷出两道烈焰，射向狼王腹部。猝然间不及防备，狼王惨呼一声，窜出去老远，就地打滚儿，扑灭了烈火。这狼怪后腿一蹬，急速退了回来，目色闪烁寒光，同黑獒对峙。黑獒咆哮一声，作势欲扑。那赤狼果真受吓，仓皇间赶忙往回处溜。其为神獒威势所慑，不敢再死拼，领着些残党溜回营寨中。黑獒昂首而立，长啸一声，震慑着营寨中一干妖怪。

看手下狼怪大败而归，那鸿鹄妖王怒斥："好只犬兽，把威风耍到本王头上来了！"蓦地弹射而出，背后化生雪翅，用力一拍，火光熠熠，弄个隐身法术，窜出了护阵。妖王隐在虚空中，绕到山坡后头，猛地往上一冲，便已扑中了黑獒。

妖王赫然大惊，原来这只是道身外化身。觉知上了当，已来不及了。那黑獒本体自虚空里落了下来，踏在鸿鹄妖背上，一下子把此妖降伏了。黑獒张口一咬，咬住了鸿鹄妖的脖子，叼着此妖怪踏云而去。

二郎神同圣禽大元帅早已守候云层里。黑獒把那鸿鹄妖甩到一旁，身子一抖，径直向二郎神走去。二郎神纵身一跃，跳到了黑獒背上。真君叱道："小贼，莫要装死，还不伏法求饶！"这一叱，全不见那妖王有甚动静。圣禽大元帅心道这妖王莫非已被黑獒咬死，不由上前去看。一看方知晓，那鸿鹄妖被黑獒叼在嘴里，早已吓晕了过去。圣禽大元帅不由大笑，脚上用力一踢，把那鸿鹄妖踢醒了。

鸿鹄妖睁开眼来一看，不由骇然大惊。便见前面立了位天神，乍一看大腹肥身，肥头胖脑，然细细一瞧，便看那双鹰眼锋锐厉狠，叫人胆战心惊，不敢撄锋。此人正是圣禽大元帅！后面更有位天神，跨坐着神獒，手握三月神戟，姿态威武，神采傲然。

鸿鹄妖识得此神君，乃是赫赫有名的天罚执掌者二郎真君。二郎神驱动黑獒，朝鸿鹄妖逼近过来。鸿鹄妖心下畏惧，暗暗提防。黑獒长吼一声，骤然扑起，便要朝妖王压下。二郎神一时不备，险些跌下去，骂一声"孽障"，双腿狠狠一夹，制住了神獒。神獒哀呼一声，不敢反抗。

二郎神厉喝："小妖还不就擒！"妖王识得二郎神，知其执掌仙庭刑律，主事天地法条，战力绝横，勇冠九天十地。不敢硬撼，跪身下来，谄笑道："原是真君亲至，小妖何德何能，能劳真君大驾！"二郎真君冷哼一声，左手一点，化出道捆妖金绳，把鸿鹄妖死死缚住。鸿鹄妖也不挣动，谄笑不减，从容相问："真君作何吩咐，小子万死不辞！"

二郎真君起了把玩之心，厉声质问："尔本山间小妖，不守本分，缘何作奸犯科，结党反叛，坑杀镇南王？"

鸿鹄妖潸然泪下，万分委屈模样，泣声道："真君明鉴，小妖怎敢立抗圣庭，实在是镇南王欺人太甚，乞求真君饶命。"二郎真君见它如此凄酸模样，倍感有趣，驾坐着黑獒来回打量，笑道："倒有几分情味儿，杀了着实无趣。"又曰："若能觅来混沌母石，撤了妖寨法阵，可饶汝一命！"鸿鹄匆忙点头相应，千恩万谢，直把二郎真君吹捧到宇外去了！

真君心下不耐，默念咒语，收回了捆妖锁，把手一挥，道："若撤去了妖阵，率反贼来降，本君定有重赏！"鸿鹄复谢，低眉顺眼，仓皇而去，转眼消失于远际。圣禽大元帅瞧着，不由嘟囔："怕这贼首有去无回！"二郎真君朗声笑道："山野小妖罢了，啼嘤之徒，无甚胆识，不足为虑。"

第三章　神獒显威风　智勇擒妖王

第四章 Chapter 04
妖王取至宝　真君淹贼营

鸿鹄妖化作流光一路加急,不敢停顿片刻,穿入法阵,落进厅堂王座之上。此妖忍俊不禁,大笑道:"二郎神愚昧得很,受本王哄骗,乖乖叫俺溜了回来!"于是满堂大妖小怪纷纷哄笑,争相求问,叫大王把外头经历讲上一讲。于是鸿鹄妖便讲起如何用苦情计耍弄了二郎神。说到得意之处,更弄神通,幻化成二郎神将模样,又唤来狼怪,化作神獒,骑在身下,装着真君音腔,学声道:"这便叫汝归去,大开法阵,率奴众来归!"于是群怪哄然大笑!

　　笑罢,鸿鹄妖收起幻化之术,端坐王座,叫诸怪列班,正声道:"那混沌母石每隔万载而孕生,乃是个难得的宝贝。不知众兄弟可有良策,好觅出此石?"穿山甲出列进言:"灵乐山脉横断南北,重峦共叠,山脉相复,孕育仙料神材无数,灵器珍宝不竭。俺遍历山山水水,往来穿梭于山腹纵深,游访寒潭幽壑,多见灵器孕出,亦有圣果常现,实在未听闻'混沌母石'。"狼豺虎豹诸妖纷纷附和,皆称不知混沌母石。

　　穿山甲复进言:"山神大人或晓得宝贝踪迹。"鸿鹄便问:"山神小儿近来不知缩藏何处,不知道可有线索?"又有厉鬼飘忽上前,欢喜叫道:"俺见得山神大人化作孤峰,掩于葱郁之中!"

　　鸿鹄妖笑道:"山神那厮为灵脉所孕,受仙庭封神,孑然独行,了无牵挂,平日厮混往来倒也豪爽,不想一遇上事儿倒如此胆小。"又道:"也罢!本王去去便回!"好只鸿鹄,话音甫落,化作一团烈火,裹上厉鬼,乘风而起,眨眼已到了数里外。

　　灵乐山脉纵深之处,有一险峰独出。鸿鹄妖落到山巅,挥手打发带路小鬼离去。它往个丹石上一坐,自语开来:"山神倒会藏身,常与流云共在,时闻仙鹤长鸣,吸纳群山之清气,吞吐四方之灵华。况且又能躲得清净,作壁上观,不顾兄弟们死活!"这话当然是说给山神听的。那山神假装不曾听到,全不作任何回应。鸿鹄妖登时大怒,"噌"一声跳起来,化出个巨脚影,"嘭嘭"跺了开来,直震得山石翻滚而下,栖鸟扑棱争飞,走兽惶窜惊跳。

虚空里陡传来痛呼声:"吾兄留情!"鸿鹄妖停了神通,翻下山峰,悬立虚空之中,揶揄道:"天军来袭,石头快收了山体,与本王同力抵抗。"山神果然受吓,仓皇乞求:"吾兄恕饶!天军浩荡来奔,圣威实不敢相撄!"鸿鹄妖好语道:"道友且莫推辞,执掌此间万灵,为妖亲怪友所重,神通自是了得,且与俺共抗天兵!"又陡然叫骂:"甚么混沌母石,唯传其妙,不知其踪!天兵浩浩来寻,如何相抗!"山神闻之,豁然开朗,欢快大叫:"至宝藏于山脉深下极近九渊之处!"又道:"仙神皆知混沌母石藏于山脉之中,不知其为大洲祖根所孕,三千载结胎,三千载通灵,三千载悟道,再一千载蒂落。此处山脉假南北交汇之力而拔,东望汪洋,横指西洲,为三山之共脉,五岳之来龙,至于其下极深处,更与大地之祖根相接。"

鸿鹄妖暗下欢喜万分,匆忙怒喝:"竖子狂妄!胡言乱语,倒来哄骗本尊!"遂一声冷哼,化作流华,恨声而去。

这妖竟未归返,弄个隐身法术,匿了其踪,寻个僻静所在,悄潜入大地深下。幽暗侵人,坚石阻挡,鸿鹄妖猛然下辟,不敢停顿,下行了数百丈,豁然大开,陡然望见一汪洪海。灵气蒸腾翻滚,宝华氤氲涌动。鸿鹄妖惊喜不已,又扎了个猛儿,一头钻进洪海中去。那洪海当中倒孕了许多灵粹宝贝,奇花稀珍。

鸿鹄妖一概不放在眼里,直往下潜,冲着混沌母石而去。气泡汩汩翻涌,一潜便是一千丈,那妖厮方着了底儿。那厮往四下一瞧,不由大惊,原来这底儿乃为魔气所凝,阴暗无边,森冷怖寒,更有无尽阴风呼号。再往下便到了十方地狱。

鸿鹄妖赫然大惊,心道:只晓得天上是九重天,地下是十方黑狱,倒从不知晓,地狱之上还有片灵海!这厮落在灵海海底,闻得阴风怒号之音，心下也是直发怵。它大着胆儿往远处打探，不由大惊，便见个庞然老藤扎根在重重魔阴与浩瀚灵海交融之中，不知其浩；其之四周，阴阳交汇，斑斓精气来聚，瑞彩纷呈，霞光漫天。那老藤扎根在十方黑狱里，往上分化成千根万道，融入灵海，直同大地相接。鸿鹄妖本为荒野小怪，生于凡尘，何曾能见如此场面，怔立当场，不敢妄动。其心下感叹：此乃大洲之宗根，五行之祖脉！

这鸿鹄妖匆忙跪倒，魂魄剧颤，形体颤抖，贪念皆散，胆气全消，吓得一动不动。良顷，方缓缓后退，直欲逃离而去！陡然，"扑通"一声，一个石球射了过来，正落在鸿鹄妖身侧。直把那鸿鹄妖吓得亡魂皆冒，赶忙磕头，念念有词，乞求祖宗饶命。复大着胆儿瞥了一眼，便见那石球儿玲珑氤氲，明灭不定，当中混沌气翻滚起伏，阴阳双鱼交相追逐，正是混沌母石！

鸿鹄妖为至宝所迷，目不能转，睛不能移，竟鼓起勇气，豁出性命，弄神通兜住了那石球，急奔而去，向上一飞千丈，冲出了灵海。方稍稍心安，不由拿出宝贝，反复把玩，爱不释手。鸿鹄妖把那宝贝小心纳入袖子，安稳藏好，弄神通，上行而去，跳出了地面。这妖厮整一整衣衫，归回了妖寨，往大堂上一坐，与诸怪商议对决天兵天将之事。

再说二郎真君和圣禽大元帅率天军隐于远际，不虑平叛荡寇之计谋，只待妖王大开法阵，率贼怪自投罗网。一等便是大半日。待到日暮西山之时，便闻千里眼低声道："真君恐遭妖贼哄骗了！"顺风耳亦暗下附应。

大元帅小声同二郎神道："反贼奸诈，不若领天兵率先出击，攻其不备！"二郎真君执掌天地刑罚，受仙神同敬，为妖魔深畏，岂能认错，遂立时反对："妖叛以山脉之灵气宝华为引，强筑阵法，相接地脉，若叫天兵强行破袭，必有伤亡。"大元帅心下不乐，不敢相辩，又问："不知真君有何良策？"

真君答曰："且叫本君捉个妖兵问问，再议不迟！"

于是弄神通，开额头天眼，射一道神华，望穿了毒瘴浓霭，往山间一扫，果然照见一灵狐自妖寨中溜出，藏于绿木华盖之中，眼珠溜溜而转，正探查天兵动向。大元帅向左右令曰："擒来此妖，切不可打草惊蛇！"

二郎真君笑道："区区百年小狐妖，何劳费事。"好个真君，身形不动，只双手结印，加注禁力于天目之中，神束往灵狐身上一照，便见一道灵魂挣扎嘶怒，自狐妖躯体里脱飞而出，为神束所制，直向高穹投去！

二郎真君以天眼神通，禁锢住灵狐魂魄，见其争抗不顺，二话不讲，施酷刑，弹一道幽冥真火，直烧得魂魄直欲散尽，奄奄将息！真君厉声质问："妖寨内情况如何，具实禀来！"

不曾想小灵狐倒有傲骨，久闻真君之名，憎其狠辣，勉力提气，发出道精神波动，轻笑："真君为俺家大王耍弄，滋味如何？"二郎真君啸傲九天，恣凌十方，哪堪为百年小妖折辱，斥一声"猖狂"，右手一挥，便见一道王焰排出，把小妖魂体重重包裹，猛烈烧灼，严封其怒号嘶吼之魂音，密困其愤慨挣扎之形神，少顷，窒亡其命！

圣禽大元帅把袖袍一舞，化一道清风，吹散了残魂碎魄，迹影全消，笑道："小怪罢了，真君不必在意。"又道："且叫本帅领天军攻破妖寨，擒来反王，交真君处置。"

二郎真君猛把神戟一横，拦住大元帅，冷声道："何须费事！贼寇严结阵法，与地脉相接，强取不智！妖寨濒瀚水而卧，三面环山，何不破了围堤，引瀚水之水南倾，假浩瀚猛奔之水势，摧枯拉朽，一破妖阵，则反贼无可遁形，一役功成！"

乍闻此言，大元帅心下着实一惊，沉吟道："瀚水江流自九天直泻，悬浮虚空，横绝南北，势比千军共发，奔腾归海，一去不返，其中水灵汹汹而涌，神力滔滔而发，假若溃决大堤，借伟力撞灌山脉，则此间生灵无一能免，杀戮深矣！"

二郎真君为怒气所制，不能从劝，厉言："妖奴聚众叛反，据山扎寨，公然挑衅圣庭威严，罪无可赦，当以雷霆之力严惩其恶，以儆效尤！"又冷笑："大元帅倒有慈心，爱惜贼寇性命！"大元帅果真受激，道一声"真君说笑"，当下令天兵天将列阵，黑压压直扑而下，结下法阵，构筑虚空甬道，以接引瀚水之奔流！

便见二郎神轻叱一声，陡然发出一击，叫十万里长堤陡然爆开，豁了个口子。瀚水喷涌而下，咆哮而泻，猛不可当，合怒吼悲鸣之声，震彻天地！至于瀚水上方之浓雾密霭，亦随之翻涌而动，幻作万象，或如猛虎，或似雄狮，或比野马，或像豺狼，皆假水势，向山脉中冲奔而去。大元帅急急喝令天兵天将构牢虚空甬道，导瀚水之水向下而行，重捶妖寨，不敢外流！

便闻得一声轰鸣，妖寨之法阵只莹莹一闪，便为洪流击垮，淹而不见，神庙骤然坍塌，洪流汹涌四溢，山间林木皆倒，拔根远飞，土石亦翻涌而下，为洪流所卷，至于其中精灵鬼妖，人族走兽，乃至飞禽水怪，皆当其冲，不及哀鸣，淹而不得出，尸骸遍野。

当时，鸿鹄妖得知天兵去而复返，正与诸怪争议对敌谋略。便闻一声炸响，若同雷霆发于耳畔，抬首赫然望见水柱倾撞而下，化生万象，或猛虎，或雄狮，或狼豺，或虎豹，或巨熊，或野马，奔腾咆哮，无穷无尽，前赴后继。若同兽潮骤发，亦比魔窟大开，覆压而下，眨眼撞碎妖寨法阵，自高天倾泻，扑噬群妖，猛压翻倒，团团相围，挣扎无据，窒息不得脱，随势而远卷，飘忽颠撞，悲号无音，反抗无力。神通不及施展，法术不得为用。洪水滔滔来袭，圣威浩浩而至，诸怪好比草芥，实在相撼不得，遁躲无法，匿形无用，逃脱不成。

妖王见水兽洪凶成群扑至，威不能撼，猛不可当，赫然大惊，觉知天兵天将引来瀚水。妖王怒不可遏，猛地取出混沌母石，张口便吞，心道：绝不叫至宝为天神所得！倒不曾想，那混沌母石甫一落入腹中，鸿鹄妖陡觉四肢百骸气力沛然，穴窍俱开，神能大涨，许多道韵、慧光齐齐涌聚脑海，修为立时高飞，节节攀升，更一道图烙夹带于道韵慧光之间，蓦然而现。那图烙乃是道神阵烙印，名曰"天干锁神阵"。鸿鹄妖欣喜若狂，心道：竟是这门阵法！

那神阵遗传自上古，由女娲圣母亲创，需十二大妖主阵，假地势之坤，专以封神锁仙，威能无限，本已失传于治世，不想竟又现世，共伴混沌母石而出，为鸿鹄妖偶得。妖王情知此中厉害，知此阵乃制衡仙庭之利器重宝，遂不敢轻心，把阵图走位及其中玄妙全背下来，留待参悟。洪涛汹涌而下，水兽凶猛相围，鸿鹄妖不敢耽搁，弄神通，变作一尾银鱼，顺势而遁，来回飘摆，见无数妖亲怪友为洪水所卷，浮尸凄凉，死不瞑目，当下怒愤填膺，竟逆流而上，直溯高空，欲与一干天神血拼一场！

这妖化作一尾银鱼，隐于汹汹水灵之中，逆势而上，倒不曾为天兵天将觉察，及至虚空，看瀚水之水经能量甬道而导。于是灵光一闪，又弄神通，变作个尖锥，用力旋转，往甬道上使劲儿一钻，便果真戳了个眼儿来！

于是水灵喷薄而出，愈加汹涌，骤闻"轰隆"一声，甬道瓦解于虚空，其中奔腾水兽易换方向，远冲而去，遍洒而下，散落山脉之外！突生变故，圣禽大元帅受了一吓，赶忙喝令全军："速修围堤，不可叫瀚水水兽肆虐南荒！"然瀚水之水源起九天之上，其中水灵浩浩不绝，水势汹涌澎湃，纵使天兵天将手段了得，慌乱之中亦不能力抗此威，一时难补长堤之缺。大元帅匆忙呼喊："真君助吾！不可叫汹汹水兽奔袭南荒深腹！"

二郎真君亦知此中厉害，不敢怠慢，正待来助，陡然望见虚空中有银鱼正随水势下坠，当下惊疑不定，于是目转神通，望清其正为鸿鹄妖所化，大怒，叱一声"孽障"，挥动三月神戟，追袭下去。

鸿鹄妖尽出神通，巧弄手段，与二郎真君大战数百回合，终不当三月神戟之威，遭重创远跌出去，为真君擒拿。而山中幽灵鬼妖，借机得脱，远遁而去，匿隐其踪。

第五章 Chapter 05 紫麒麟通敌　无形怪陨落

自天帝凭借大神通筑砌绝世壁垒，强闭远海以来，紫麒神府骤然清冷许多，难觅外夷踪迹，不见大商往来。何况紫麒玄域隐于远海天际，吞吐天地共汇之灵华，汲取域外宇内交融之精气，方能生机葱茏，林木郁郁。一旦封绝天地，上下运道不交，内外灵气不流，好比死水之潭，自然生机锐减。玄域之中已是落英满地，绿叶枯落。至于凤凰玄鹤之属，整日焦躁难安，嘶鸣不绝。

这日，童子又向紫麒道人忧声禀告："各种珍稀矿料皆已库存不多，唯以他品替代。"盖万物母窑需吞食珍材稀土，方能孕育灵器法宝，批量生产。然许多灵石贵矿皆独产于外邦，由蛮商夷客交易得来。自天地封绝以来，内外往来交易受阻，供应已断。

紫麒道人应了一声，蓦然有所感，喝退了童子，急匆匆步入书房中去，把袖袍一挥，"啪"一声紧闭室门。又施神通，化一道隔绝结界，叫外界无可探查。始厉喝一声："何方鬼魅，现身来见！"果然见虚空扭曲，现出个妖娆女子，金发碧眼，周身蒙蒙闪光，并非真身，乃为道灵体。

紫麒道人赶忙参拜，道："原是公主殿下亲临。"又赞叹："天地封绝，殿下竟能投来灵身，果真手段了得！"

盖此女子名唤夷姬，乃域外夷邦公主，贵而不骄，自立坚强，极好圣庭仙术。少时尝独驾空间法宝探航于幽暗之中，数月不辨方向，竟归圣庭，喜极而泣。其天性聪颖，热辣野狂，又得益于异域风情，绝艳美貌，能学道于多路上神大仙。喜好法术，专攻狠击厉斗之法门，不求透悟，蔑轻宁神静气之道基。依凭坚韧意志，假仗果勇拼搏之心，终有所成，得绝世战力而归。紫麒道人尝游历域外诸邦，与夷姬旧识。道人慕其战力悍强，好其貌美，相赠数件灵宝法器，共论仙庭道法，又求教异域操控冶器之术，相得甚欢。

当下，夷姬飘身上前，捻弄道人鬓发，神采奕奕，直勾心魂。但闻其巧笑道："许久不见，大哥可曾思念妾身？"紫麒道人知她品性，忙邀夷姬入座紫檀灵椅，亲看仙茗，隔几入座，忧叹："而今天帝封困远海，又遣战将看守域道，隔绝内外之交通往来，不知如何化此劫难？"

夷姬遂收起玩世笑容，敛去不恭姿态，叹息一声："妾身取法于圣庭，身处域外，心系宇内，惊闻天帝陛下自封闭锁，深知其中之害，夙夜忧虑，寝难安眠。"

道人半信半疑，长叹了一声，又问："殿下可有计策？"夷姬微微一笑，对曰："妾身思来想去，唯有一计可破此劫。"道人赶忙问："不知殿下是何良策？"

夷姬微微一笑，似有妙计，然并不立即说出。道人为她所诱，果然急切追问。夷姬遂答："假若妾身亲率巡航舰队集结于汪洋之外，列位布阵，辅之以绝世杀器，共起发力，定可击碎壁垒，瓦解封阻，使天地自在，内外顺达。"

紫麒道人大吃一惊，不由惊呼："哪敢如此行事！"夷姬反问："有何不可？"道人脱口便道："此乃谋逆之罪！"

夷姬柔声劝道："吾等隐秘行事，保管能瞒过圣庭。为苍生计，大哥应当挺身而出，果敢行动。"道人沉吟道："此事恐不可为。绝世壁垒当中自留有甬道，供神将往来巡查，监视两岸动向。假若集结舰队于壁垒外侧，恐不能避开监察。"夷姬轻呷仙茗，呵气如兰，巧笑道："绝世壁垒立于远海极尽之处，外接茫茫混沌之气，正好掩藏舰队。况且大哥若能猝然发动，牵制守将于内侧，使其无暇外探，此事必定可成！"

道人吃了一惊，一时踌躇，犹豫不定。夷姬生怕道人拒绝，美目带嗔，暗下已释放出气势，直朝着道人压迫而下。道人感觉威压临身，赫然一吓，赶忙领命道："小道全听从殿下吩咐。"夷姬释然一笑，遂与道人约好时刻，里外相应，一同击破绝世壁垒。方依依惜别，飘然而去。

再说圣禽大元帅与二郎神平定了南荒叛乱，率大军凯旋，列班于宝华殿,向天帝启奏:"下界叛乱已息,臣等攻破妖寨,拿下了反王,诛杀贼怪,不伤一兵一卒。"天帝大悦,笑曰:"且把妖王押上殿来,叫本王瞧瞧,可有三头六臂,敢掀此风浪!"满朝仙神附和大笑。天兵遂押解鸿鹄妖步上殿来。

妖王周身为神链捆缚,手脚佩戴重镣幽铐,肩胛受玄铁穿锁。其立身宝华殿下,直面天帝圣威,敢撄九天诸神之迫压,傲然而立,夷然无惧。圣禽大元帅喝骂:"大胆妖贼,还不向天帝跪拜!"

鸿鹄妖赫然一吓,终是跪了下去,向天帝叩首臣服。

天帝乍一瞧,见此贼周身为镣铐紧锁,神通受封,法术不在,然双目湛湛有神,气概脱俗,不由大奇,遂悄开天眼探查。不探不打紧,一探之下不由惊叫出声:"混沌母石竟为贼子吞食!"盖天帝探查之下,见鸿鹄妖气血旺盛,生生不息,且窍穴通达,骨骼莹莹生辉,情知混沌母石已为此子吞食。二郎真君当下厉喝:"贼子当诛!"

鸿鹄妖赶忙大笑出声,喝道:"真君可敢一赌!天降异象,魔云吞日,圣庭危矣!"天帝心知异象乃为极阴深下之小魔捣鬼,然不忿贼子之傲狂,遂下令:"留小贼一命,处以寒刑之罚,以其魂魄祭礼瀚水,受冰水噬骨之苦,百年不能超脱,以警下妖!"

百官遵一声"喏",皆知此罚之厉,不敢多言。那天帝老儿复道:"此般说来,倒有些时光不曾判下寒刑之罚!且把此贼拖下去,待本尊率汝等同去下界行上一遭,共观寒刑之罚,好震慑天下。"便有天兵上了前来,把那鸿鹄妖拖下堂去。原来这天帝老儿刻意重罚鸿鹄妖,好警示天下,杀鸡儆猴!

再说下方紫麒玄域中,一头七彩麒麟探出脑袋,四下一望,撒开蹄子,划一道虹彩,直向着远际奔去。此麒麟乃由紫麒道人采山间林木粹魄幻化而来,神骏不凡。只见其身下细葩乱舞,汇成缤纷祥云;坚叶鳞次而盖,覆成密铠;四肢傲立古柏意,柳枝编成大垂尾;土褐色犄角,墨绿眼,身躯更比温玉壮;浑然一体流斑斓,比之血肉更幻美。

麒麟化一道彩芒,直朝着远海天际之绝世壁垒扑杀而去!抖一抖身子,鳞叶似圆盾片片撑开;跺一跺脚,彩瓣儿祥云化作箭簇激射。一声长啸,音波滚滚而去,直与海涛共振齐律。盖紫麒道人与夷姬约定共时发力,牵制守将于壁垒内侧,然不敢显露真身,唯以林中精魄糅成道灵身,代为出战。

麒麟藏掩于绝世壁垒之前,小心潜行,寻见甬道所在,竟不见守将踪迹。正暗下诧异,倏地一只寒水巨手冲出海面,遮天蔽日,一把将麒麟抓在了手心里。麒麟大惊,急搬金蝉脱壳之术,散开身形,化成丝丝缕缕,溜逸了出来。又陡见虚空中化出个面庞,由云气组合,巨口一张,罡风"飕飕"直刮,向着麒麟吞咬而下。

麒麟险险避开,心下惊道:此间守将竟是个无形怪!当下不敢轻心,竭出全力,四肢猛然一跺,便见海水澎湃而涌,脚下瓣儿云化成四射箭簇,横扫八面,漫空皆是。无形怪不及防备,果然遭创,痛哼了一声。

便闻虚空中传来怒吼:"小小麒麟,胆敢放肆!"麒麟辨出此乃天帝音调,赫然大惊,心道:天帝老儿竟派了道分身守在此地!

原来这无形怪乃为天帝分身!其窃闻天帝一身九分,为威、勇、爱、智、仁、欲、恶、贪、怯之九大分身。此间守将正为怯懦分身,乃无形之体,无踪无影,无形无迹,有最强战力,能调用天地力量,支配自然万象。麒麟心下发怵,哪还敢再斗,正欲逃离归返,又闻虚空中传来咆哮:"紫麒小道,岂以为本尊识不出你?"麒麟大骇,心慌一声:完了,竟叫天帝老儿辨出了真魂!遂坚定了决心,索性豁出命去,周身神通大涨,拼命使出手段,只求同天帝这尊怯懦分身斗个同归于尽,好保住秘密。

这一战好生激烈。无形怪以光束为箭,阴影作鞭,寒水为臂,云气为身,借罡风为刃,假骇浪作盾,挥洒汪洋上,纵意缈云间。

至于麒麟，身上披重甲，脚下踩矢簇；前方是盾，叶魄韧竹编作坚盾；后头有障，环抱劲干排成护障；左右更有坚壁竖立，乃松柏之精气所凝。猛地一冲，身似利剑前刺。极善溜遁之术，化作灵气散又聚。一声长啸，百花精魄喷薄出，瑶草飞刃旋击远。

一斗便是大半个时辰，直战得惊涛倒翻潜礁迸，四向不分风云旋。大战下来，麒麟靠护盾相御，渐感不支，已落了败象。麒麟焦急万分，想溜又不敢，唯苦苦支撑，心怨道：夷姬怎还不动手？！

正此时，骤闻轰鸣声大起，骇然巨响，若同地核爆炸，隆隆涌动，只叫宇内失音；又有热浪紧至，铺盖而来，浩威压下好比苍天坍塌，无力能撼。麒麟与无形怪缠斗，猝不及防，为爆破之势击中，远远掀飞了出去，跌落进海水中。其望见绝世之隔绝壁垒已然爆碎开来，能量喷涌而泻。瑞刀激荡肆虐，彩箭纵横飞射。那麒麟心下感叹：夷姬竟弄出如此大动静，全摧了此等坚壁！

那麒麟撞入碧海中，惹得白浪飞溅，已向海底坠落而下。水下幽森无光，暗流涌动，魅影常出，鬼怪混杂，时见寒目闪烁，利爪招摇，虾蟹自斗，鲸鲨相残。麒麟坠入深海黑渊，只觉周身乏力，疲惫无力，昏昏欲睡，然不敢歇息，遂勉力提神，微睁双目，挣扎而动，周身宝华莹莹，灵光氤氲，正疗愈其身。

然海带、蓝藻之属，修炼成妖，招展其枝，编作缚网，覆罩而下，趁麒麟疗愈之际，困住其身，围封其神。鱼蚌蟹虾之类，争相来聚，吸食其精，掠夺其灵。其中海蛇冷血无情，缠绕麒麟之身，快味咀嚼而贪得无厌，妄图尽吞其一身宝华。麒麟蓦地惊醒，周身神华大涨，身子一抖，挣开海藻之网，将些个小怪喽啰统统震散；又飞起一脚，把海蛇踢飞了出去。四肢蓦地一蹬，化一道流光，逃开幽暗之底，破浪而出。

麒麟为横来之祸重创，坠入了海底，极力挣动，方得了自由，突破而出。当下不敢放松，凝神戒备。便见远际有巡航舰队破开混沌，驶入汪洋中，居中领航者正为夷姬专属之"殿下号"。盖夷人之巡航祖舰乃为超级空间宝器，以珍稀矿材熔铸而成，锻入空间矿石，铭刻阵法，专以横渡虚空，巡航往来于混沌之中。巡航舰队自远奔来，气势浩浩，巍巍而动。气势浩浩，烟柱高耸摩高穹，涌出烟雾造浮云；巍巍而动，撞入汪洋深吃水，白浪奔去鲸鲨惊。浑似兽王归丛莽，又若蛟龙入寒潭。

麒麟躲入虚空中，心下寻思：不知巡航舰队中藏了甚样杀器，竟能摧毁隔世壁垒！正此时，陡闻虚空响起声暴喝："胆敢侵犯圣庭，速速退去！"喝喊者，正为天帝之无形分身。喝音之中，竟有一丝恐慌。其亲身看守隔绝壁垒，不料竟出了此等岔子，叫敌人摧毁了壁垒。见敌人不听警告，依然汹涌而来，无形怪登时大怒，露出暴虐本性来。但见：高穹蓦地转黑，乌云翻涌；罡风肆虐，皆作锋刀利刃。

滔天巨浪猝然上涌，直高数十丈，铺向巡航舰队。黑洞乍现，若蛮兽之喉，奋力吸扯；暗影咆哮，噬咬而下。光簇聚集，合成激光巨剑，刺耀于幽暗之中，狂劈猛斩。躁狂之下，无形怪尽使解数，竭用神通，直欲把巡航舰队掀翻倾覆。

巡航舰队困于风暴骇浪中，挣动于黑洞之外，受百样神通围攻，遭千般法术齐袭。便闻夷姬厉喝："何方鬼魅，可敢现出身来？"无形怪假汪洋之水，化出两只冰拳，庞大无比，砰砰砸向"殿下号"，张狂大笑："本尊无形无迹，无影无踪，逍遥九天间，纵横汪洋上！"

夷姬哪堪受此侮辱，恼羞成怒，大斥："鬼鬼祟祟，尝一尝雷霆滋味！"喝音甫落，便见"殿下号"中豁然推出数十门坚炮，幽幽森寒，瞄准四方，全罩八面。炮膛之中雷光闪动，金丝游电，"滋滋"作响。亦有赤焰隐收，炎精跃跃。盖法宝唤名"雷霆神炮"，乃夷人重器。炮身以金刚玄铁打造，淬之极地寒水，融刻法阵，坚不可摧；采宇外雷池神液，合之以火山炎精，制成霹雳弹丸，装填炮膛中，发之则爆，威不可当。

麒麟藏于暗中,略通夷人之兵器分属,情知雷霆神炮乃其中大杀器。其赫然望见"殿下号"中竟集合了数十座,不由大慌,心道:盖坚壁重垒遭此等利器摧毁矣!遂急搬神通,远遁数千丈,乃惧神炮之威,恐受殃及。

夷姬一声令下,雷霆神炮一齐咆哮,好比天公发怒,震耳欲聋。雷霆之力轰隆引爆,直击六面,闪电紫网密布虚空,若同宇外雷池倾覆,威不可撼;烈炎神焰覆盖八方,好似火山翻滚,熊熊燃烧。黑宇之下,闪电横空肆虐,烈焰全封四下,合之以罡风黑洞,若同末日骤降,好似灭世战伐。漫天皆为雷霆之力,无形怪无处可藏,痛呼一声,已为雷霆神炮重创。骇浪遂静,暴雨渐收,黑洞敛去,罡风消散。

麒麟隐伏远处,感无形怪遭创,大喜,骤然奔袭而至。麒麟前肢往虚空一挥,划出道豁口,便见宝瓶、法器倾泻而出,飞向八方,悬浮虚空,氤氤莹莹,合成座超级困阵,禁锢四下。法阵唤作"乾坤倒伏阵",与万物母窑共伴而生,大道周转而孕生,混沌演化而自成,依星辰之律布阵,能颠倒乾坤,封困仙神。初得万物母窑之时,心骇于此阵威力,遂隐藏了消息,不敢叫外人得知。不想今日真就用上了此阵。

法阵一经运转,果见天地易换,四下转暗,涛浪不见。诸天星辰垂落而下,周转而行,莹莹闪烁,彼此相接,结作封天之网,罩落下来,囚禁四方。无形怪陷落困阵中,愤然怒吼,抵死相抗,左攻右突,眼看着便要冲破而出。麒麟竭力催动法阵,只觉压力骤增,已是招架不住,遂疾声大呼:"速来轰杀,莫叫他逃脱!"

便闻轰隆巨响,巡航舰队中神炮齐鸣,雷霆之力倾泻而出,全注入乾坤倒伏阵中去。麒麟亦加紧施法,招引四方精气,滚滚而来,一同迫入法阵中。雷炎滚滚,烈焰激荡,便闻惨呼阵阵,长号不止。无形怪囚禁于困阵之中,无可藏身,抗不住雷霆之威,竟丢了性命。可叹无形怪藐视各路仙王神将,齐比古来至伟,战力盖世,威凌天下,不料竟为雷霆神炮所制，陨落于浩浩白浪之中。

正此时，天帝老儿与群臣正观看寒刑之礼，蓦然痛呼一声，竟受牵连，已遭了重创。因分身陨落，天帝之主身亦魂体受创。此中之事，下章自有细说。

第六章 Chapter 06 天帝观礼遇刺杀　神獒忠勇舍命护

且说鸿鹄妖受冰水蚀骨、极寒侵心之刑，能苟延百年性命。宝华殿上，天帝陛下不忿此妖之张狂，向百官笑曰："至宝竟为凡尘小厮吞食，众爱卿与本尊行上一遭，共观寒刑祭礼。"遂礼官奏乐，仙乐袅袅，仙子曼舞，美人婉歌，满朝文武移驾南荒灵乐山脉之上，停驻云台，共视祭礼，仙鹤共伴彩云飞，寿鹿欢驰灵霞绕。

寒刑祭礼乃上古所创，极刑，专以惩治大凶之徒，束形体，禁神魂，投入瀚水，受寒水蚀咬之苦，五十载而血肉噬消，又五十载则筋骨皆融。又依阵法之力，以血肉筋骨为引，吸纳四方精气，反哺瀚水长流，故名刑罚曰祭献之礼。

便闻鼓声大作，鸿鹄妖为二郎神亲押，禁于瀚水上。这鸿鹄妖周身赤裸，不着片缕。由神链紧缚肉体，受仙气禁锢神魂，更有宝铐紧箍四肢，掠夺周身精气。鸿鹄妖目光冷冽，神色傲然，身躯笔挺，气概不屈。极刑当前，倒全无惧意。这妖怪骤然开怀，仰天大笑，直摇得神链仙铐"哗哗"作响。

旁侧天兵为它气势所骇，一时不敢制它。唯闻黑獒大吼一声，便把鸿鹄妖的气势压了下去。这黑獒尝为万兽之王，称尊世间，俯傲一方而纵啸绝巅。不料，竟受了二郎神哄骗，承受屈辱，沦为胯下之宠。今日见了这鸿鹄妖王，反倒激发此獒之血性，发了威风，要挫一挫那妖贼。鸿鹄妖果真受了惊吓，立时止住了笑声，侧目而视。

正此时，有天兵潜入瀚水中，依上古秘法构筑法阵。四下晶石深埋，中央树立神碑。二郎神亲自施法，在法阵外围设下守护之阵，防范妖贼余党来解救。那天帝在观礼台上直点头，向左右赞曰："有二郎真君亲自施法，贼子纵然有天大本事，也决计救不走此子。"那左右连忙称是。天帝老儿倒不曾留意，那二郎神暗中使坏，在法阵中留了道暗门。

瀚水两岸，远近妖怪精灵早已闻得消息，争相来聚，熙熙攘攘。亦有灵乐山脉之反妖余党藏掩于众怪之中，受仙庭通缉，不敢接近，悄然静观。待阵法筑成，便闻那黑燊猛吼开来。便有天兵一脚将鸿鹄妖踹入瀚水寒流之中，正落在法阵中央。

法阵中央立了座神碑，当中陡然飞出了幽索，死死捆缚住鸿鹄妖。那妖贼贴紧了神碑而绑，半身为急流所蚀，半身受寒雾所侵。法阵一转，四下水灵皆受吸引，汹涌来聚，比若蠕虫，层层相叠，虹吸而上，密密地覆盖了它的身子。鸿鹄妖霎时痛呼起来，惨叫之声冲入云霄，回而不散，经久不息。

天帝陛下与诸神列于云台上，不由笑道："掐指一算，寒刑祭礼倒有千年不曾施行。今判此罚，只图示警天下，无使为乱。"话音刚落，天帝骤然痛呼一声，神色惨白，周身颤抖，嘴角有鲜血溢出，一瞬间似已受了重创。群臣哪料此等变故，直呼"护驾"，急急围拢上前，操兵亮器，警惕四下，然丝毫不见敌兵踪影。

千里眼、顺风耳二战将，善于巡查警戒，长于搜罗追踪，各领天兵巡察左右，小心安保，万分经心，不敢玩忽，不曾想竟叫陛下受袭！

二位将军心下胆骇，扑通跪下来，赶忙磕头求饶道："陛下恕罪！"圣禽大元帅护在陛下身前，喝曰："还不查出敌人踪迹！"二将军赶忙称是，慌张爬起来，尽弄手段，反复探查，依然寻不见敌人，急得直跺脚。群臣正不知如何是好，便闻天帝轻语："诸卿不必着意，乃是道分身受袭，已无大碍。"

原来这天帝并非遭了袭击，乃是受了无形怪的牵累。那无形怪乃是陛下的怯懦分身，正陨落于汪洋上。正所谓十指连心，其之性命，九去其一，焉能不痛！诸神哗然，嘈嘈切切，疾呼医官儿，诚惶诚恐。其不知晓，陛下之伤，乃魂体之创，灵丹妙药不能显功，仙医妙手难有作为。

便闻天帝轻喝一声："回朝！"于是诸神列班，齐驾祥云，便欲归返而去。仙鹤排队冲云霄，寿鹿结群凌虚梯。二郎真君领一队天兵严守四下，小心戒备。

此时，黑犪陡然厉吼开来。二郎神顿时警觉，赫然见块陨石突破苍穹，直朝众仙轰落下来。那陨石由烈焰包裹，尾烟滚滚翻动，气势汹汹。二郎神倒也反应迅疾，大叱一声，纵势一跃，拔身而起，以三月神戟开道，与身合一，直欲劈碎了陨石。

不曾想，巨石倒有灵性，豁然一转，撞开二郎真君，径直向云台落来，便闻"轰隆"一声巨响，撞入了仙神之中。气浪乱掀风慌窜，云涛惊涌雾骇奔。

域外陨石猛地撞入云台之中，尚不待诸神反应过来，当中竟伸出头颅，化出躯干，又纵身一跃，四肢舒展而出，赫然变作个人形战偶，周身宝华闪闪，光泽莹莹。且其双臂之上，更有神炮吐出，幽森射寒，其中雷炎隐伏，火离跃跃，蠢蠢欲动。此战偶正受夷姬操纵，隐伏于宇外陨石中，趁无形怪陨落之际，猝然而发，直奔天帝主身而来，欲借机刺杀了天帝老儿！其双臂抡动，铁拳挥舞，将一干天神大仙砸飞出去；双脚若比大岳沉重，大步"砰砰"而迈，直惊得些天兵天将仓促奔逃。其臂膀上架了两座神炮，当中电弧噼啪，烈炎激荡，便闻"轰隆"一声巨响，那神炮霍然发光，骤然爆发，划成两道流星，直向陛下轰杀而去。

陛下深受无形分身陨落之苦，魂体重创，不能用力，神色骇怒，双目喷火，眼见雷霆之力铺面压至，不能躲避。

匆忙之中，群臣欲救不及，唯闻黑犪吼了一声，一蹿而起，身躯放大，硬生生挡住了此击。那黑犪跌倒在地，周身雷光烁烁，火光缭绕。黑犪呜呜一声，欲挣扎着起来，已力不从心。其遭了神炮轰击，已是重伤将死。

天帝心下一恸，疾声大呼："老君，老君！"便有个老仙君飞落而下，手指一弹，把粒续生丹弹入黑犪身子中，保住了它的性命。

那战偶万万料不到平地里窜出条黑犪来，舍命护住了天帝老儿。一击不中，正欲再发一炮。正此时，二郎神已折返而回。那三月神戟化成只银色蛟龙,自有横扫千军之势。天兵天将亦结下阵法,构一张彩色巨网,覆压而下。那战偶不敢恋战,"轰隆"一声巨响,竟然自爆了。天兵天将仓皇躲避。倒不曾留意,有一道身影自那战偶中溜了出来,远遁而去。那人正是夷姬!原来是这个外夷的公主殿下瞅准了时机,驾驭战偶而来,要趁陛下重伤之时,谋杀了天帝陛下。倒是野心不小!

夷姬的那道灵身趁乱逃走,直奔东海,返回"殿下号"中,同手下会合了。见公主殿下归返,夷人大喜,争相禀告与无形怪大战情形,个个吹说得眉飞色舞,神采飞扬。有急躁性儿向公主谏言:"吾雷霆神炮势抵万军,所向披靡,无往而不胜!何不调集重兵,杀上九重天,轰毁了乾坤圣宫,岂不痛快?"

夷姬斥一声"莽撞",沉声道:"此界传承久远,迥异于故往之蛮荒孤岛,乃盘古大神所辟,与日月同诞,伴星辰而生,根基深厚,源远流长,不敢妄然宣战。"又有手下问:"不知殿下有何良策?"夷姬笑曰:"假若运用忘忧之毒,何愁大事不成!"手下大赞,个个称绝,叹曰:"殿下好魄力,真乃统帅之才!"盖忘忧花乃为深渊毒花,素有"暗黑圣花"之称,能滋阴魔之力,纵极欲之乐,生堕懒之心,入迷幻,坠虚妄。但不知夷人自何处得来此花。

夷姬不与手下多谈,独入炼丹室中,亲控法术,熬炼丹药,以忘忧花为主料,辅之灵珍宝粹,真火烘焙,果然得一粒宝丹,名曰忘忧丹。其形圆润,浑然天成,胜比深海明珠;其色晶莹,清如莲子,净比阮雪;其味芬芳,香浓逸溢,舒爽销魂。夷姬细心包裹好此丹,揣入怀中,向手下交代几句,化一道流华,独离了"殿下号",向紫麒洞府而去。

紫麒域中,道人正指挥童子,忙于设置法阵,招引天地交汇之灵华,吸纳内外畅流之精气。觉知有灵影迫近,道人微微一惊,向童子交代一番,步入书房中,置一道隔离结晶,始向虚空拜了一拜,笑问:"不知公主殿下有何指教？"

夷姬便现出身来，娇笑道："小妹思君甚急，特来看望。"说时，向紫麒道人依偎而来。道人赶忙侧身避开，诚惶诚恐，正声相问："不知殿下有何吩咐？"

夷姬嗔了他一眼，暧昧道："大哥倒不识得真心。"紫麒道人笑道："正事要紧，殿下但说无妨。"

夷姬便跳入紫檀灵椅中，待道人端来香茗，轻呷一口，悠悠叹道："今吾等联手，破碎绝世壁垒，击毙了无形怪，天帝假若追究，大哥怕难辞其咎。"紫麒道人正有此虑，闻夷姬如此点破，心下大喜，赶忙相问："不知殿下有何良策？"夷姬狡黠一笑，轻语："天帝之无形分身为雷霆神炮轰杀，神魂俱寂，精气皆亡，则其主身定受重创。妾身采域外灵珍，以秘法炼成忘忧丹一枚，能治此伤，愿敬献陛下，表达诚意，以重修往来之好。"

紫麒道人立时大喜，拍手相赞，由衷道："若能重缔旧好，实乃大幸之事！小道愿为信使，力促此事。"夷姬把忘忧丹抛给道人，又跃身而起，轻盈曼落，搭上道人双肩，巧笑道："此乃千秋大事，大哥若能促成，妾身无以为报。"

紫麒道人知她品性，后让半步，笑道："殿下放心，小道自当竭尽全力。"于是夷姬不再挑逗，道一声"去也"，便淡入虚空之中，凝眸浅笑，乘风远去。

再说天帝陛下一时兴起，率诸神游览下界，观看寒刑祭礼，不想遭天外傀儡行刺，又逢分身消亡、魂体撕裂之痛，于是不敢久留，急与诸神共返乾坤圣宫。

二郎真君亲勘云台战场，反复查看，唯见满地断肢残骸，金石碎块，并无丝毫精神印记，于是归返宝华殿，向陛下回禀："臣反复探查，唯见一片狼藉，猜为宇外陨石异变而妖，借雷霆之力侵犯陛下圣仪。假形体之庞,敢衅诸神之威,凭材质坚硬,而滋事横闯,今已自爆其体,还请陛下息怒。"

天帝果信其言,恼声道:"宇外之石倒敢寻衅滋事,定当严查,以警天下!"又颁令嘉奖:"神獒护驾有功,封为镇南侯,御天兵五百,镇守南荒,列位武班。"二郎真君心里"咯噔"一下,慌忙相劝:"神獒乃为战宠之躯,奴兽之体,灵智未开,惯常侬令而行,难有主张;徒有好斗愚忠之心,全无独当一面之智。且其本为微臣坐骑,为众神所轻,若升其为镇南侯,恐诸神不满。"天帝笑曰:"神獒乃属上古遗种,孕于绝巅,纵啸天地,绝非寻常蛮兽奴宠可比!且其忠义之心,勇斗之情,为诸神共鉴;又舍命相救,感动天地,其护驾有功,不可不赏。镇南神侯之职缺位已久,今神獒正好替补,以追缉南荒之余党残寇,平定其乱。"

见二郎真君还欲再言,圣禽大元帅抢先贺言:"恭贺陛下,喜得良将!神獒乃世间稀属,传自上古,生而为犬中尊王,自有统领之才,定能镇守一方。且其忠义情怀,勇毅品格,为诸神共鉴,日月同感。"

天帝闻之大喜,笑曰:"鹰儿倒通事理!赐神獒培元仙丹一枚,开其灵智,淬洗凡尘妖体,壮实魂魄,增益三千年修为;赏其参悟果一枚,巩固仙元,凝练其气,美华其神,亦启通其窍,使其与九天之势通连往来;传之以术法、神通各一卷,令其体悟奥义,习练仙法,能操五行之力,可借日月之威。"于是群臣遵旨,尽皆相贺。

正此时,千里眼出列上奏:"末将巡观天下,惊见东海绝世之壁消失不见,不知是甚变故。"天帝轻咦一声:"倒有此事?"便见左右侍童架上来面镜子,又摆一座碧绿幽潭。二者皆为至宝,其一唤作"山河神镜",另者名"凌世玉潭",皆有巡视天下,监察大地之能。见侍童轻呵仙气,画面便显现而出,正为东海景象,其中碧浪自远,白云舒浮,竟果真不见绝世之壁!于是诸神哗然,满庭大惊,立时议论开来,皆是不信难解之色。

天帝便问："不知众卿如何看待？"那托塔李天王便进言："绝世之壁乃依圣庭秘阵构筑而成，集众将才智，以珍材稀宝为基，采天地五行精气，合风雨雷电之力为壁，又得陛下亲身施法，寻常力量破坏不得。依微臣之见，天下之间，敢冒此之大不韪者，唯有魔窟！"

于是天帝一拍圣座，厉喝："好个小魔儿！胆敢如此行事？"好个天帝，耍耍嘴皮子，动一动怒气，便把此罪归予魔尊，倒全不提其遣无形分身看守域道，又无端寂亡之隐情。见满庭皆寂，天帝轻叹口气，似露疲态，又问："不知众爱卿有何良策，进献无妨。"二郎真君气概威武，当下排众而出，主动请缨："臣愿领兵一万，出战深渊，探查阴窟，剿灭魔窟党羽！"天帝心道：那万灵魔窟亘久长存，要是剿灭得掉，哪还需等到今日！天帝老儿沉声道："小魔隐于极渊深下，缥缈无迹，幻化无踪，遣天兵征战剿灭之事，还需从长计议。"

圣禽大元帅出列谏言："臣愿领风、雨、雷、电四战将，重置秘阵，再造通天壁垒，封闭远海，彻绝外夷之患。"天帝神色一喜，正欲下令，复长叹一声，颓然道："凭尔等法力，恐难隔断汪洋之暗涌，无力拦阻高天之流风。且近来反思，外夷虽盗贼猖獗，亦不乏柔善之徒，何需费力自封，隔绝往来交好？"

圣禽大元帅是个墙头草，随风便倒。当下极尽溜须拍马之能事，连声赞叹："陛下圣明！下界紫麒道人尝游说于臣，言称外邦夷人欲重缔友好。而今正宫外候旨，欲求见陛下。"天帝笑曰："有趣！唤那只麒麟进殿来。"

听使者传唤，紫麒道人心下一惊，吐一口气，整一整蓝衣长袍，随着侍童迈上宝华殿，向天帝跪拜，恭声道："贫道参拜陛下。"

天帝以手支颔，打量着紫麒道人，开口便问："紫麒洞府悬于东海碧涛之上，可知远海之通天壁垒为贼子摧毁之事？"紫麒道人心道：那绝世壁垒可不就是贫道同外夷一道儿毁掉的吗？当下不敢稍露异色，神采不变，精气不动，回禀："当时贫道卧睡玄域之中，骤闻海上骇然爆响，若似天地塌陷，寰宇崩毁，轰隆不息，震耳欲聋，不敢妄动，待天地安定，始知绝世壁垒已然毁掉，然不曾见贼子踪影。"

天帝复叹一声，始问："本尊闻外夷欲重缔往来交好，可有此事？"紫麒道人回禀："外夷多为小盗之徒，偏居一隅而受混沌重围；羡我文明昌盛而不知圣庭威仪，好以抢掠游击之术探求圣庭妙美；自远海封闭、绝天锁地以来，始知陛下圣威，不敢冒犯，于是央贫道游说，代为请求，愿重缔友好，安分往来。又献上'忘忧丹'一枚，为疗愈奇药，有修复神魂、极乐精气之神效，以表诚意。"

天帝果真起了兴致，笑道："道人恐受外夷骗矣！自古以来，神魂之伤最难医治，乃为本原之创。"道人胸有成竹，微笑不答，往怀中一掏，便掏出了个玉瓶来。瓶中所装之药正为忘忧丹！当中芬香飘逸开来，朝中立时传出轻"咦"之声，有上神已为其香色所迷。

天帝伸手一招，把此丹握在手中，一时不曾忍住，张口一吞，已咽了下去。左右阻拦不及，骇得失色，观看陛下无恙，始放下心来。其全然不知，陛下这一吞，正中了夷人毒计，贻害深矣！天帝只觉神魂之力沛然而升，周身舒爽，超脱寰宇而恣畅，精气高拔，神游幻梦而妙泰。正是：如沐暖阳身飘然，神游太虚意自在。嫦娥奔月凡飞仙，似登极乐攀绝巅。

天帝大笑出声，不由赞叹："竟得如此妙境！"其身受重创，陨落了无形分身，心下迫急，竟忘了阴阳相伴，祸福相依之理。全不知绝妙之中，深藏剧毒；忘忧之时，几近于亡！

见陛下欢悦，紫麒道人已趁机进言："外夷偏居海外，物产难齐圣庭之饶盛，灵宝不比仙土之富足，然亦有稀奇罕药无数，特色矿藏不尽。若与其相通贸易，互换商品，或裨益圣庭。"天帝沉吟："外夷多有鸡鸣狗盗之徒，挑衅圣庭威仪，为诸王共愤，受各方状告，若不厉惩，其不知乖顺谦卑之礼法。"

紫麒道人一时不敢答话，低首垂立，静候陛下裁决。便闻天帝又道："外夷若称圣庭为尊，进贡千粒忘忧丹，叫众爱卿分而飨之，则可恕其侵扰之罪。"紫麒道人赶忙谢恩，连呼："陛下仁爱！"天帝挥一挥手，叫道人退下殿去。

第七章 Chapter 07 神獒有功封为侯 既治水患又捉匪

再说黑獒原本追随于二郎神，因护驾有功，得陛下赐恩，以培元仙丹开启灵智，得参悟果通达百窍，始化人身，受封为"獒忠侯"，镇守南域。神獒狮头黑鼻，毛发飞扬，双目射火，体格粗壮，孔武有力，气概勇绝，乃为猛将之躯，统帅风采。其尝舍身护驾，为雷霆神炮重创，得灵丹救命，因祸得福，身留雷火之力，遂修雷电奥义，勤练术法。又请雷公电母相助，采宇外雷池渊底之电灵石，炼成驭雷制炎铠；摘取高穹霹雳母云，糅缩炼化，制成驭电迅紫靴。得火神相帮，寻连绵火山极深之炎精，以强力驯服，化作战矢；断取其下火灵根分脉之沐火五彩树干，由工匠雕琢，镌刻法阵，化成弓身；又指挥天将，自四下堵截，追捕围猎火浆深下之牛统领，夺其性命，去除血肉，单取其筋，拉成弓弦。

弓为强弓，唤作"绚彩治世弓"；箭乃利箭，名曰"焚炎擎天箭"。两相共并，合成绝世法器；一声锐啸，焚炎箭逆势而上，好比火龙冲霄，猝然爆开，化作漫天炎精，绚如散花。神獒又领天兵天将埋伏十万亩梧桐之中，暗设困阵，悄张巨网，待火凤飞落，伺机捕之，以强力驯服，收作战宠。其本为凡尘走兽，对月仰啸，林间称王，今得陛下赐恩，化作人身，以仙丹启智开窍，炼制战甲神兵，战力噌噌直升，又收服火凤，如添双翼，来去如风，竟纵啸天地之间。

神獒驾驭火凤，率天兵天将穿云而下，浩浩荡荡，直奔南荒而去。南域孤困，北去有瀚水隔断，往西有天岭断阻，外接汪洋，四下环囚。其间山岳起伏，丘陵绵延，重峦叠岭，歧路不通，寒霭浓遮，毒瘴侵目，常见僵尸厉鬼游荡山林，时有妖族帮派斗殴厮拼。

神獒驾驭火凤，运转极目神通，来回巡视探查，赫见南荒水道皆涨，洪水泛滥而行，水灵汹涌肆虐，其间更有流寇为乱，反妖衅事。神侯心下吃惊，沿河道逆溯，依洪流倒追，赫然惊见瀚水长流已然决堤，其中水灵喷薄而泻，一声巨吼，化作千兽之军，四下奔腾，势从天降，好比天外雄师,填满河道,汹涌激昂,侵袭两岸,肆虐南荒大地。神獒不敢耽搁,轻叱一声,急搬神通,运法术,强阻洪流,拦隔凶猛水兽,修复长堤之缺。

身下火凤一声轻唳,扑扇双翅,亦操神通,吸纳四下火属精华,喷吐炎流,皆化作能量,相助于神獒。神獒竭尽力气,火凤戮力配合,眼瞅着长堤之缺就要闭合,骤然之间似闻怒吼隐约,又一声轰隆巨响,二者竟败,未能修复长堤。洪流喷涌而下,其间暗力反噬主仆二人,使神侯火凤皆受重创,远抛出去,摔在地面上。神獒焦急不已,心道:水势凶猛得很,得想个法子止了这水害!

见瀚水喷涌远泻,气势汹汹,摧袭南荒大地,神獒不由怒起,脚上使神通,狠狠一跺,大喝一声:"土地公何在?"便见四下颤动,飑风骤起,一个长须矮翁自地下冒了出来,鹤发仙颜无垢姿,慈容带笑福寿态。仙翁乃为此间土地爷,早已受圣庭传旨,识出此乃新任上司,不知其缘何发怒,赶忙参拜:"小神不知神侯到任,不曾远迎,乞求恕罪。略备薄礼,还请上神笑纳。"

言说之时,掏出个白玉宝盒,灵韵内敛,朴实无华,恭敬呈上。神獒接过玉盒,觉知其中暗力流动,法阵悄转,不由赞叹,啧啧称奇:"内藏洞天,含而不露,一体无瑕,朴实高雅,实乃君子风采,得道姿仪,倒是个好宝贝!"

土地爷赶忙附和:"神侯所言极是!此盒着实稀奇,产自紫麒洞府,由万物母窑孵化而成。"神獒一运法力,便见宝盒中浮出粒圣丹,芬芳浓郁,晶莹浑圆,正为忘忧丹,乃外夷朝贡圣药!

神獒赫然一惊,急将此药连同白玉宝盒一同塞还土地爷,厉声质问:"此物乃上庭禁药,为外夷贡品,受仙家独享,为上神所用,老头儿如何盗夺,从实招来!"土地爷见神侯目光严厉,面色凶威,当下一吓,"扑通"跪地,垂泪哭泣:"神侯饶命!小人窃闻此丹能增益神魂,升华精力，飞拔气势，攀升极乐之境，为诸王共求，受仙家追逐，遂多方探访，以灵珍奇宝与夷人相易，方求得此丹，敬献大人，以乞上神照拂。"

神獒见他模样凄凄，便果真动了恻隐之情，叫土地爷起身，笑曰："老头儿倒是个实诚性子！"又问："忘忧丹乃为夷人朝贡圣品，竟能私下买卖交易？"土地老儿不敢隐瞒，据实相禀："此丹为上庭禁品，为各方玄域所慕，受诸路妖王求之，争相以灵珍奇宝乃至修行功法与夷人私易，求之若渴，似有井喷之势。"

神獒惊叫出声："竟然如此？"土地老儿猜不透神侯思虑，面色踌躇，终于又鼓起了勇气，把忘忧丹往侯神面前轻推，神色恳切，由衷道："乞神侯笑纳。"神獒双目一瞪，眼中幽火射寒，神情骇人，厉声问："瀚水决堤，洪涛翻涌而下，水灵肆虐南疆，此中情由据实禀来！"

土地老儿一阵犹豫，终于收回了忘忧丹，小心回答："此乃流寇为乱，昔时二郎真君为平定叛乱，使瀚水决堤，引汹汹水灵南灌，大破反贼兵塞，擒拿头领，投之瀚水，处以极寒苦罚。然其余逆党远遁而去，为上庭通缉，受天兵追剿，急急奔逃，无处为安，欲救贼首而为秘阵所阻。其中激愤狂妄之徒，摧袭长堤旧创，使瀚水水灵喷涌而泻，侵袭万里，作乱此间，为祸南域，沦作流寇，与仙庭相抗。"

神獒不由笑曰："原来如此，小妖罢了！"便闻神侯猛喝一声："天兵天将何在？"陡然间，四下狂风大作，尘沙乱起，虚空之门豁然大开，一众天兵穿越而至，迈步而出，整齐列阵，气概威武。火凤一声长鸣，拍打双翅，周身火光熠熠，赤霞缭绕，盘旋士兵头顶。

神獒纵身一跃，跳到火凤背上，傲临天兵，喝令："众将士与本侯同行，拦阻洪流，修复瀚水长堤，毋使逞威！"天兵遵一声"喏"，驾祥云，搬神通，紧随神侯而上，分班布阵，按五行列位，吸纳天地精气，招引寰宇灵华，化作能量之壁，欲隔水势，阻断洪流。见水势难阻，神獒一声怒吼,双脚往火凤背上一踩,抛射虚空,化出黑獒本体,随风便长,厉吼一声,纵身跃入瀚水之中,以其肉躯挡住长堤之缺。

众天兵骇然一惊,心下感佩,齐呼声"大人小心",趁机急搬神通,已修复了长堤,反复加牢。见水患已除,神獒跃出瀚水,抖一抖庞然之躯,复化人身,大笑:"小小水患,不足道哉!众将士且与本侯捉拿逆贼,擒住流寇,好向上庭请功!"呼喝之时,御驶火凤,将与诸将士一同归还。骤然之间,瀚水之央传来异响,有漩涡乍现,四下法阵运转,有神碑自漩涡中央拔升而出,其上捆缚一人,为瀚水水灵重重包裹,正为此间受极寒苦刑的鸿鹄妖是也。

便闻鸿鹄妖传音:"神獒好气概!凭一己之躯拦隔汹涌水患,南域众灵有福矣!"神獒为其情怀所感,驻足喝骂:"好个妖厮!困阴暗狭流之中,敢言一域之危患,岂道众生之福祸!"见神侯果真为其吸引,鸿鹄妖朗声传音:"神侯胸藏忠义之情,怀纳勇毅之心,刚猛健强,实乃豪杰能臣!今天下将乱,祸从外夷,罪奴愿侍神侯为主,率诸雄共抗外辱,领妖兵相击敌寇。"

神獒赫然一惊,竟果真信了几分,又见鸿鹄妖周身有魂魄之力抽剥而出,丝缕纤毫,反滋瀚水,当下笑道:"妖贼倒也胆小畏死,扯些胡言欲骗得自由,险叫这厮诓了!"于是不再理会鸿鹄妖,一把抄起地上的土地爷,驾驭火凤,率一众天兵归还而去。

火凤背脊上,土地爷小心相告:"镇南王尝辟一域,唤名'极乐殿堂',悬于南域中央灵气浓郁之地,掩藏密林深处,隐伏崇山怀抱之中。小神愿领神侯前往。"岂料神獒不以为意,笑道:"极乐殿堂,想来定是个纵欲奢靡所在,淫乱酒色之窟。无怪乎其为逆贼陷杀矣!"又问:"土地可知逆贼余党藏身所在?"

土地爷答曰:"反贼流窜,全无定处,分散而遁,藏匿无踪。小神委实不知贼子踪迹。"神獒毫不信他,双目威张,瞪他一眼,幽火烁烁,直摄心魄，厉声喝道："尔既执掌此间大地，明察千里，熟识草木，岂能不知贼寇踪迹？岂欲包庇贼寇，或惧余孽报复，领路无妨！"

为神侯识穿心思，土地爷不敢辩驳，乖声道："确有数处穴洞可疑，或有匪怪藏身，小神愿领神侯前往。"于是当前带路，领神侯及一众天兵降落下方。便觉峭壁茂林之间，浓霭寒瘴里，有幻阵悄设，遮蔽秘洞，与四下同色，无使天兵天将探知。好个神獒，当下弯弓搭箭，便见火光冲天，焚炎擎天箭化作赤蛟，怒吼一声，扑入幻阵之中，撕咬扑噬，又分成无数炎精，熊熊燃烧，直将幻阵烧个干净！见法阵崩毁，穴洞之中，诸怪大怒，神通尽出齐向洞外扑来，厉鬼尖啸，兽妖躁奔，石怪跨步，凶禽振风。

一时间土石砾砂合于旋风之中，与凶怪一同咆哮而出，向天兵扑压而去，诸样手段皆现，各式神通全用，浑欲将天兵扫落凡尘，碾碎其身。

神獒早有准备，抢先而发，脚蹬驭电迅紫靴，身披御雷制炎铠，四周雷光缭绕，其下炎海澎湃，大叱一声，闯入风旋之中，直面幽穴而入，便与凶怪大战开来。

好一场激斗：神獒得势，诸怪悍勇。神獒得势，御雷霆护体，假炎火辟道，战力澎湃百窍通，仙术神法有传习；诸怪悍勇，不畏雷电纵横，无惧烈焰激荡，善战好斗心有愤，蔑视天威欲自在。神侯一手持弓一手执箭，风姿潇洒意自得。弓乃治世弓，箭为擎天箭。胸怀忠义大无畏，心有社稷身姿拔。单手抡弓扫贼寇，耍弄炎矢作利器。独身傲立乱流中，八方雷炎皆称臣。

一番大战，神侯独挡于前，立身洞口，无惧凶怪围攻，不怕敌寇共击，遭创而全无退意，受袭而愈显骁勇，又得天兵从旁相助，终于擒住了一众凶怪。倒不取其性命，以"奴囚铐"缚其双手，以"愚禁镣"捆其双脚，夺其自由，剥取精气，使其安稳，无力为乱。

其中"奴囚铐""愚禁镣"全系圣庭法器，由玄铁和虚形石锻熔而成，加持秩序之力，重逾千斤，有禁锢法力之效，甫一触及，立时钻入俘虏肉身之中，无形无迹，无踪无影。诸怪为隐形镣铐囚禁，负重而行，顿失自在，无奈收起脾气，蛰藏个性，蹒跚而行，好比空壳行尸，亦如傀儡死物。

至于其中自由受拘之苦，躯体辛劳之累，忍辱负重之艰，秩序紧缚之倦，唯佩者自知也。洞穴深处，亦有胆小害羞之徒，譬如草木精怪之属，散魂游魄之类，藏躲暗处，或掩遁地底，皆为神侯搜罗抓捕。

战斗一歇，土地公从地下钻出身子，呼喝着叫天兵看守妖俘。其一路小跑到神獒面前，欢呼道："神侯勇绝天下，毛贼小妖不堪一击矣！"盖其胆小怕事，恐受战斗殃及，躲藏深下避祸，待战斗歇止始冒出脑袋，向神侯谄好。

神獒搬弄神通，一挥衣袍，将一众妖怪纳入袖中，又抖上一抖，笑道："土地老儿单管带路，待本侯将反贼擒拿归案！"

土地公不敢违拗上神旨令，亦怨尝受妖贼囚禁，遂听命神侯，领天兵搜罗周野，擒捉反贼流寇。下起深壑幽谷之碧潭深穴，上至险峰绝巅之峭壁秘洞，乃至草木毫末，尽为土地公熟识。得其相导，反妖流寇自是无处藏身，不可遁形，数月之间皆为神獒捉拿。其中包罗高空巡飞冲霄之猛禽，颇具神通，时有吞吐云雾耍玩瘴霭之兴致；亦有山林奔腾嘶啸之凶兽，善于斗勇拼狠，亦难屈服，与神侯激战不敌，重伤受擒；至于碧潭深下翻倒蛰卧之水怪潜妖，亦受阵法猎捕，或为法宝禁锢，概不能逃。

上有神通绝强法力高深之妖强族长，下至柔弱纯善不谙世事之精灵小怪，悉为神侯所擒，足有三千贼众。神侯倒不嗜杀，以神镣仙铐缚其自由，禁锢神通法术，单辟一域以囚之。

一日，有哨兵来报："吾等融于疾风之中，昼夜守候，竟得穿山兽踪迹矣！"盖穿山兽乃为此间反妖，极善遁逃隐伏之术，数围竟逃。神獒喝一声"好",当即令天兵集结,又遣童子去唤土地公。

少顷,便见土地公自地下钻出脑袋,打个哈欠,晃一晃长须,无精打采模样,勉力提神凝气向神侯行了一礼,问道:"不知上神有何吩咐?"

神獒见此厮心不在焉,不由飞起一脚,把土地公踢翻了出去。受此一吓,土地公果真清醒几分,慌忙向神侯叩首认罪,乞笑道:"近来吞食外夷之忘忧丹,许是虚不受补,竟觉精力受挫,时感如梦半醒。"

神侯厉哼一声,化出一汪仙泉,手掌一翻,倾进土地公魂魄中去,冷笑道:"夷人之神丹妙药少吞为妙!莫将小命儿丢了!"土地公骇然一吓,谄笑:"神侯多虑。忘忧丹乃为外夷朝贡圣品,想来不敢有害。"神獒冷哼一声,心下不耐,下令:"且与本侯同去将穿山兽擒来!"话音方落,神侯转身欲去,瞥见土地公又打个哈欠,不由停下身子,狠瞪他一眼,眸间幽火喷薄,化两道赤芒射入土地公躯壳中去,又飞起一脚,将其掀翻出去,斥一声:"不中用!"为神侯眸间幽火一射,土地公清醒许多,爬了起来,心下感激,赶忙跟上神侯,同去擒拿穿山兽。

但见一座险山浩立,其间连岭起伏,重峦相叠,寒瘴翻涌泛瑞霞,古木盎然浓墨染。幽壑山中依次落,深穴曲洞暗相连。神獒领天兵悄集于山外云间,见此山颇奇,似曾相识,遂向土地公询问:"此山何名?"答曰:"此山延出山脉之外,又与山脉轮廓相仿,唤作'小灵乐山'。"神獒笑曰:"小贼自在,称王此间倒也乐哉!"又道:"待本侯结一座封山大阵禁锢此间,劳烦尔等钻入其间,将其捉拿!"

闻神侯此番安排,土地公赶忙称是,谏曰:"小妖奸猾,极善溜奔瞬逃之术,凭小神之力,怕不易逮着。不若唤来山神共助!"神侯应道:"如此也好!便将山神小娃唤来!"土地公遵一声"喏",翻身一跃,钻入地下,弄个土遁术直去数百里,自山脉纵深处始钻出身子,伸个懒腰,见前头一险峰傲立,俯凌四下,遂提气大呼:"山神老弟,且与老爷子同去擒拿穿山兽!"

山神与此间反贼素有旧，化作山体隐藏此间以避事，不想竟为土地公寻上门儿来，又知此厮为神侯倚重，遂不敢驳绝，无奈之下只得应喝："老爷子暂且退后，叫俺收起山石本体！"便见险峰猛然剧抖，碎石土泥滚落而下，傲松古木尽皆坍倒，栖禽云雀骇然惊飞，以至雾霭寒瘴骤然奔远。

此峰拔飞而起，周下灵华莹转，仙气缭绕，眼见着敛小，变作个十丈巨人，往地上"轰"地一踩，憨笑道："擒拿个把妖怪，何须唤俺？"土地公原本精神恍惚，昏昏欲睡，闻此憨石粗声粗语，当下恼怒相斥："神侯精于雷火奥义，不善土遁穿石之术！莫管多问，听令便是！"山神嗡声一哼，与土地爷同用遁术，去拜神羲。

神侯以神器仙料设下封山大阵，见土地老儿率山神归返，令曰："你二人各率精兵五十，比斗搜罗遁寻之术，将贼子务必擒住，重重有赏！"二者赶忙应道："定当竭力，不敢叫神侯失望！"神侯见土地公神采不佳，当下警告："土地老头儿萎靡不振，若误了大事，莫怪本侯严惩！"土地公赫然一吓，惶恐道："小神不敢。"便见神侯一声令下，四下天兵齐运神通，封山大阵立时开启，五行神能汇涌来聚，釜状罩子覆盖而下，底层深下亦受禁锢。土地公与山神二人立时行动，各率天兵，分散开来，运土行穿石之术，钻入地层深下，若同鱼归碧湖，纵享畅意，极尽搜罗之能事。

且说穿山兽自恃遁法奇绝，浑不在意天兵天将之围捕通缉，悠然藏身秘窟之中。洞窟挖空山腹而成，漆黑无光，遂寻夜明珠深嵌石壁之中，挥洒明亮，使洞窟皎如白昼；采山中温玉雕成润彩石桌，灵果、宝珍之属与其氤氲相衬，堆积如山；以金丝楠木作成睡榻，其上灵气飘逸，直叫小妖如沐花海，受百样芬香熏蒸。

这日，穿山兽以五色彩羽铺就睡席，正熟睡金丝楠榻，赫然生警，蓦地惊醒，一蹦老高，遂以天赋识察之术悄然外探，果见天兵天将正以遁行之术穿梭山地深下，搜捕接近而来。倒不见小贼有何慌乱，吹个口哨，周身灵华升起，已搬瞬移神通，将传送百里开外。

赫然之间，小贼神色一变，周身灵华亦消弭归零，心下惊道：不知外头是甚法阵，竟能禁封瞬移神通。当下不敢慌张，悄放识察之术，暗见天兵天将之中土地公行动迟缓，力不从心、有气无力模样，遂生出一计，眼珠子骨碌碌一转，弄个变化术，灵华一闪，已化作个毫毛，悄然而遁，追上土地公，附着其身，蛰卧不动。土地公竟不能察。

天兵天将尽心搜查，寻见穿山兽之秘窟宝穴，竟不见小贼踪影。正此时，土地公只觉胸间憋慌，支撑不住，心道：且叫小神去地上透透气！便见土地老儿勉力一跃，踉跄跌出地面，又觉周身空乏，压抑难耐，浑浑噩噩间竟穿出封山大阵。

穿山兽化作毫毛依附其身，轻易脱困而出，不敢耽搁，赶忙化出本体，吹一声口哨，搬瞬移神通，直去数百里外。神獒一直警惕山外，见此处异动，立时奔来，呵斥一声"妖贼"，焚炎擎天箭激射而出，分作万道火精，齐向穿山兽围剿而去，终不及时，叫穿山兽溜逃了去。

神獒逼视着土地公，怒煞满面！土地公骇然一吓，不由哭出泪来："近来灵识迟钝，精力萎靡，常感万虫蚀骨之苦，每受冰火极刑之累，怕命不久矣！"神獒微微一诧，喝曰："小病罢了，嘤嘤啼啼，何扮女儿！"

第八章 Chapter 08
忘忧之乐祸天下　神獒出征毁毒花

十地幽狱极深之冥暗中间，自有至阴圣宝遁游飘忽，吸纳四方玄魂纯阴之魔性精华，追逐烙刻散佚之道芒慧光，鲸食其间海量识念，汇成一域，乃为"万灵魔窟"。此域中间，群魔依众生诸象之执念而生，得太阴至纯之灵力滋养，博采古来豪杰雄主之武功韬略，广纳往昔贤德英才之通达明悟。其中武将莫不坚毅果决，有指挥统御征伐之能；至于文臣，皆长于论辩，心思缜密而具预判先知之明。

正合魔窟殿堂复起至忧激论之言，盖因夷人走私倾销毒丹之阴谋。文臣武将分班列排，左右童子垂首而立，个个精神饱满。梁栋之间，更有青龙、朱雀之幻影缭绕不去；王座阶下，玄武、白虎之虚形盘卧威武。至于殿外，幽竹重重相掩，傲松森森而合。一汪深湖环绕，无尽阴木簇封，天独地广单一色，千古寂寞怎相守！

恰魔尊讲述忘忧丹之害，曰："此丹主药乃为深薮忘忧花，素称'黑渊圣花'，滋生至阴极暗之中，汲取纯魔之精作养，本不属凡世，亦难久存于光明之下。不想种子乘阴风飘落天外蛮岛，竟能生长，自行繁衍。"闻尊主此番一讲，堂下已有意切情恳之武将喝骂开来："天帝荒唐！倒将毒丹引纳进来，自毁根基！上界神人高官皆是草包！"亦有文臣附曰："生活之妙美全在惆困穷离，岂须忘忧？此丹以珍材灵药之馥郁浓香作掩，包藏黑渊幽阴之忘忧剧毒；以增益神魂、攀升极乐为诱，传扬纵欲惰懒沉迷厌世之风！此间之害，实不敢小觑！"

魔尊周身焰火不由一跳，怒斥一声，来回踱步，一拍王座，叹曰："上起天帝诸神，下至妖修精灵，乃至尘世富贾、苦行道僧，皆慕此丹，争相求取。此丹之毒害深广矣！此劫恐不好应对！"

当下便有文士出班奏曰："尊王稍安。忘忧丹之毒，皆发于忘忧花之幽暗圣力，勾引众生隐蛰魔性，使其耽于极乐，困于倦懒，以致厌世消沉。吾等若构筑倾世大阵，吸净众生魔性，涤荡其神，冲刷魂魄，则其精气自凝，意志重立，毒丹之害可解！"

闻此一言，武将纷纷呼应，大笑："吸纳魔性，吞食幽暗，吾等皆为此中好手！尊主且看吾等表现！"

见众将士斗志昂扬，魔尊遂点头应允，吩咐："此乃治标之策，可以一试。众将分头准备，搜罗材料，精研图法，以设倾世济生之大阵！"众官遵一声"喏"，立时便议论、辩争、探讨、分配开来，个个欢欣鼓舞。

再说忘忧丹之害终为圣庭觉察，宝华殿上遂起激辩，各界神侯应召来议，二十八方星宿尽数相汇，九重天守王来集，十地幽冥王共聚。神獒深明大义，慷慨陈词："臣已查明，忘忧丹包藏剧毒，滋长众生魔性，扰坏奋发自强之意志，以致沉沦幻虚之中而自迷不出，崩摧体格精气而自戕自毁，实乃大祸之物，不可不禁！"

见昔日战宠而今同朝列位，二郎真君不由笑而相驳："獒宠此言谬矣！忘忧丹自有修复魂体之奇效，乃为医治圣品；且假圣药之力，能攀极乐之境，得享自在之情，故受凡妖慕思，为尘世追捧。"圣禽大元帅亦相附和："此丹乃为夷人之朝贡圣药，着实妙不可言！至于祸害苍生之词，实乃危言耸听。"

见股肱之臣皆极赞忘忧丹之妙，天帝揶揄道："神獒以为如何？"岂料神獒乃是个耿直性子，刚正不阿，蓦地跪爬而上，伏身殿前，冒死谏言："陛下，忘忧丹泛滥成灾，荼毒众生，乃确确凿凿之事！臣为众生请命，愿自刎当场！"天帝喝一声"妙哉"，当下允道："禁毒之事，便交神獒来办！"神獒大喜过望，匆忙遵旨谢恩。至于满朝文武，莫不冷眼相看，不复多言。

圣宫外头，神獒驱火凤紧追圣禽大元帅，呼喊："元帅且慢，下官有事相求！"盖神侯情知外夷之中多有战力强绝之徒，不敢轻视禁毒之险，欲请大元帅拨兵。

见圣禽大元帅停下身子，神獒赶忙跃下火凤，行下官之礼，恳请道："今外夷走私倾销毒丹，好比引肮流灌注大木之根，将摧圣庭之基。

其图谋巨大，奸狡得意之情甚嚣尘上，恳求大元帅调拨精兵五千，助下官清退外贼，禁止忘忧丹之害！"

圣禽大元帅笑曰："镇南侯真乃社稷之才。唯近来演习繁忙，暂无军可调。神侯不若先行归去，待演习一毕，本帅亲率大军相助于神侯。"神獒暗下大恼，倒不发作，答曰："下官先行谢过。"旁侧火凤似有灵犀，轻唳一声，双翅拍动，五彩之冠轻蹭神獒衣角，直惹人怜爱。神獒遂与大元帅别过，驾驭火凤归返南荒神府。

神府置于绝巅上，由法宝所化，唤作"浩南府"。傲凌大疆，气冲高霄。傲凌大疆，众丘皆小凡舍陋，唯有昊日折琉璃；气冲高霄，悬立绝巅欲擎天，鸟禽骇奔浮云去。神府之内，绿水不歇，楼台小榭相接连；瑶草无尽，翠兰仙葩缀芳华。其中正厅唤作"啸世堂"，有神獒石像蹲身玉阶两侧，受法力灌注，每及生人来访，立时幻化而出，咆哮长啸。高堂之中，当空悬神龙雕首，由灵木雕琢而成，镌刻法阵，威严不可犯，上达忠诚圣庭之心；又挂"众灵安乐图"，由妙手巧绘，乐而不淫，极尽富足安稳之常娱。安乐图左侧悬神火之弓，正为"绚彩治世弓"；右边立炎龙箭，熠熠生辉，乃是"焚炎擎天箭"。

神獒甫踏进啸世堂，尚不及休息，已向手下喝令："且将土地老儿擒拿归案！"手下不敢多问，遵一声"喏"，果将土地老儿擒上前来，滚到神侯脚下。神獒俯身一看，见土地老儿面如死灰，双目泛白，周身抽搐，气息奄奄，已是将死之体，不由大惊，当下手指一捻，变出粒续生丹，弹入土地公神魂中去，又搬神通，将源源生机汇注其躯壳心脉腑脏之中。又向左右下令："反妖之中自有厉鬼魅影，尽数押来，好救老头儿性命。"

一众鬼魅遂步上殿来，颤颤巍巍，皆由无形镣铐紧缚，不敢造次，向神獒行跪拜之礼。那些个鬼魅望见土地公昏睡濒死，蓦地欢喜，手舞足蹈，交相议论开来。神獒毛发飞扬，双目一瞪，厉喝："尔等作何私语，据实禀来！"受此一喝，那些个鬼魅立时寂静，身形摇曳，瑟瑟晃抖，缄默不言。

少顷，方有小鬼传出精神波动："土地公为极阴纯灵之魔气所伤，若能汲尽阴幽之气，可保土地公性命无忧。"神獒笑道："好个小鬼！倒敢贪图此等至阴大补。实不相瞒，土地公一身魔灵阴气非比寻常，乃由渊薮圣花激发而生，恐尔等消化不去。"

闻神侯此番一说，一众鬼魅立时摇曳开来，喜乐之情流溢而出，个个欢呼："忘忧花乃为滋补圣药，吾等承受得住！"神獒遂厉声命令："若伤了老头儿性命，定叫尔等灰飞烟灭！"一众鬼魅皆向神侯拜谢，呼啸一声，争抢着簇拥而上，钻入土地公躯壳中去，汲取其神魂中魔阴之力。少顷，果见土地公润泽不少，神色趋缓，悠悠醒转开来。

一众鬼魅倒贪图其间为魔气所沐之安逸，眷恋不出，待神侯用音波功猛叱一声，豁然惊醒，顺次溜出来，个个醉醺醺，万分后怕模样。神侯将鬼魅数目一点，竟少了一个，遂开神通术往土地老儿神魂中一望，斥曰："好个毒丹，竟能叫阴鬼着了道！"怒斥之时，已搬神通，化出个虚掌，往土地公神魂中一探一握，便将一小鬼拽了出来，竟已昏死过去。盖其汲取过度，为毒丹之迷幻之力所伤，幸得神侯搭救，少顷方醒，真心拜谢。

神侯扶起土地公，见其毒症已缓，这才厉喝道："汝可知罪？"

土地公骇然一吓，赶忙磕首乞饶："卑职深受神侯搭救之恩，虽九死无悔。唯乞神侯从轻发落。"

神獒笑道："老头儿倒还委屈。"又道："尔执掌南疆沃土，情知外夷走私倾销毒丹，倒敢玩忽职守，致此毒泛滥成灾，荼害众生。便是个渎职之罪！今许尔戴罪立功，与本侯一同禁毒，若有差池，重惩不怠！"

土地公立时欢喜，眉开眼笑，咒骂："夷人娼盗，险害了小神性命！定与大人戮力同心，共御外辱！"神獒呼一声："好！"与土地公商议开来，一番了解后，便拟定计策，乃是个釜底抽薪之计。

神侯倒不急于行动，一脚踏出浩南府，呼啸一声，纵身一跃，直往高崖跳落而下。火凤早与神侯心意共通，已振翅而来，穿破云雾，长唳一声，把神獒接住，转而向南去。南去八百里，正为灵乐山脉，穿破烟瘴，数跨险峰，横越幽壑，便见"地上银河"，自九天直泻而下，其中水灵奔腾咆哮，凌于虚空，灵华莹莹，润物无声。火凤盘旋瀚水上空，顺河道而下，远望远处有四方精气汇成灵旋，没入瀚水中。

那火凤欢唳一声，振翅而去。盖彼处正为寒刑祭礼所在，以鸿鹄妖之肉身魂体为引，接纳四方灵华，反滋瀚水长流。

神侯驾驭火凤掠行而过，便闻鸿鹄妖传音呼喊："天下将乱，神侯早作打算！"神獒装作为其吸引，驾驭火凤盘旋一圈。

见鸿鹄妖自水下显出身子，神獒嘲笑道："小小妖怪，自顾不暇，何谈天下安危？"鸿鹄见神獒为其吸引，疾声相劝："恭喜神侯已平定南荒叛乱，然此乃手足之争，义气之斗，本不足为虑。至于外夷虎狼贼子，野心勃勃，不可不防！若有差池，恐有倾覆之险。"

神獒朗声大笑："小小妖精，往来方寸之间，极目幽暗景象，尽享极寒之乐，倒还杞人忧天！"笑音甫落，已跃上火凤背脊，傲然而立，将欲离去。火凤扑棱双翅，惹起狂风，直照着鸿鹄妖面门儿压来，似是无尽冷嘲热讽洒落而下。鸿鹄妖心下暗骂一声："孽畜！"高声大呼："神侯，鄙人无所图谋，愿领众怪共抗外夷，相助大人安守四方太平！"

神獒回身冷喝："小妖囚困深下，为仙链捆缚，受寒水祭祀之苦，岂欲逃脱升天？"

鸿鹄妖疾呼："吾等委实冤枉，为陛下误判，乞神侯明鉴！"神獒嗤笑一声，不再理它，驾驭火凤归返浩南府中去。

浩南府中，一众天兵正积极筹备，采深山珍矿，伐茂林灵木，集深下烈炎，耐心锻冶，复以寒水淬之，镌刻法阵，炼成巡行法器，取名远征梭。此法宝能变化尺寸，可至米珠大小；内藏须弥空间，纳一百天兵；可瞬移虚空，横渡混沌暗域。神獒把远征梭往虚空中一抛，见风便长，长九丈九尺，宽三丈三尺，通体漆黑，摇曳轻晃，泛起涟漪阵阵，荡漾开去。神侯亲挑天兵精锐百人，其中金、木、水、火、土之五行者均有，皆乃善于神通，长于战术，勇猛无惧之徒。

临行之际，土地公、山神与一众小兵童子皆来相送，设宴备酒，摆宣誓大会，以歌舞相送。琵琶萧萧风轻寥，寒水逝远酒无味。男儿远闯无所依，热泪抛洒不言退。神侯一声令下，百名勇士齐咄一声，擦干泪痕，砸碎酒碗，各搬术法，化作流华，纵身一跃，头也不回，跳入宝梭中去。神獒回身向土地、山神二者吩咐："府中关押三千妖叛，尔等好生照看，不敢有损。若生差池，待本侯归来绝不轻饶！"

土地、山神二人赶忙应下，复劝："远征域外，神侯实不必亲率队伍！请大人坐镇府中，统御指挥！"

神獒不再理他二人，呼啸一声，周身烈焰腾空，雷霆滋嚓，弯腿一蹬，便已跃入远征梭中。便见此梭轰隆而响，缓缓旋转开来，其上阵法开启，竟将虚空击穿，化出个黑洞来。四下能量汇成彩旋，为其鲸吞。

恰此时，火凤长唳一声，猛地拍动双翅，化一道赤芒，急追而来，一同投进黑洞，没入远征梭中。世人歌曰：风乍起兮已飘摇，急流寒兮噬山河，勇士不畏兮闯天涯，威武傲拔兮涤乾坤。

且说远征梭击穿虚空，钻入黑洞之中，瞬间移跨万里，越过汪洋，现在域外暗黑之中。四面皆为幽暗，不知如何突困。正此时，獒神极目一看，便见远处有重舰隐于混沌之中，巍巍而行，乃为夷人之巡行法器。神侯大喜，隐去远征梭的身影，破开混沌，直追夷人巡航法器而去，紧随其后，效法其开辟之情，依仿其避险之姿，循其轨，跟其踪，以至于操控宝梭化作米粒大小，附上夷人之巡行法器，用其为载，随其而动，以其方向为然。

如此月余，果真自混沌中突围而出，见莹莹有光，远际微明，遂脱离而出，独行向前，一路疾驰，骤然大亮，若同凡尘升仙，新见一片天地，好比昊日临渊，沐暖向阳之意盎然而发。

混沌之外乃为汪洋一片，其间水产之属迥异圣庭，物华灵宝自是异域风情，乃至天行之理、自然之法皆有不同。神獒自宝梭中跃身而出，掏出个玲珑镜子，清明晶莹，以晶钻镶边，冰魄为面，背刻"俯察"二字，散发微氲之气，折闪炫华烁彩。此法宝唤作"七彩冰晶镜"，是个巡查探视宝贝，能俯察千里，远瞰不尽，竭观无穷山河。

神獒将此宝贝往空中一抛，念一声咒，便见玲珑宝镜立时放大，四下浮动氤氲蒙蒙之光华，悬浮虚空之中，当中所呈正为身前之无垠汪洋。其间波纹慢迤水悠悠，小云低悬白鸥鸣。至于瑶海中央，乃有幽岛独立，险山如黛逸寒瘴，四下骇浪拍郁峻。

又一细看，见环山之央，浓雾之下隐约有妖娆赤葩连绵铺簇，神侯不由一喜，识出此花正为忘忧花，当下收起七彩冰晶镜，一声令下，急驱宝梭向幽岛进发。盖其率一百勇士远征域外正为此花而来，欲销绝此花以绝毒丹之害，乃是个釜底抽薪之妙计！

神獒隐去宝梭形体，悄进幽岛，穿过防护之阵，避开守卫，隐伏山峦之上，向谷内一探，不由骇然。四面险峰环立之深谷之中，不尽尸骸残躯叠垒高筑，阴死之气翻腾汹涌，怨念不散集作彪旋之力，热血干涸化成冲天腥味，嘶吼、悲鸣、怒号、愤抗之音激荡萦绕。盖其皆为岛上土著，为外侵者屠戮，化作人间惨狱，堆尸幽谷之中，镌刻法阵，汇聚暗冥阴魔之气，集之培植渊薮圣花。

尸海骸坡之上，忘忧花汲取深下阴灵死气，妖娆而绽，流溢赤血鲜华，艳娇之姿仪绰然生媚。其假土著尸骸残魂而生，常受怨念所汇之风旋侵扰，每闻逝灵屈愤不平之咆哮，倒能怡然，嫣妩丽美之意张扬于外，酷冷高然之情自发于内，簇集而展，独艳一方，为凡世愚者所慕。

其之花瓣之间，更有幻景纷呈而现，或见清丽佳人跃然翩跹，赤裸胴体，曼妙而舞；或有倾世美人笑靥秀开，明眸勾人，包纳承容；亦有热辣野狂之性感女郎，大胆挑逗，搔首相诱。

见忘忧花花瓣之间竟有此般幻象，佳丽各色，美色琳琅，神燊一时不察，竟险些着了道儿，急搬个提神醒心术，方清净下来，摆脱而出。往四下一看，见手下多受异象所迷，个个神色茫茫，双目空洞，痴愚若呆，神侯不由暗叹一声："好个毒花！"遂猛喝一声，音波之中夹带道法清心之力，始将一众热血男儿唤醒开来。

天兵自幻象之中摆脱开来，个个暗呼好险，差点儿叫毒花勾去魂魄，遂一同向神侯拜谢。神侯传音："尔等分头行事，斩尽岛上守卫，再汇合此处，一同毁去毒花，彻绝忘忧丹之害！"众天兵遵一声"喏"，立时行动开来，各有神通，遁去四方，悄袭夷兵而去。其皆为精英，法术不俗，战力强绝，偷袭之下好比砍瓜切菜，全不将夷兵放在心上。约莫半个时辰，众勇士悉数归来，无一有损，汇报已将夷人灭尽。

神燊狂啸一声，纵身而起，弯弓搭箭，焚炎擎天箭呼啸而出，化作赤色怒蛟，向渊下幽谷扑咬而去，直欲将妖花爆碎干净！倒不料想，四下阴气腐雾汹涌澎湃，齐向赤蛟裹挟而来，赤蛟顿显暗淡，竟变回箭矢，溜回神侯手中来。

天兵中间有二十火属修者，纷纷大吒，双目怒张，髯发蓬勃，搬神通，结法阵，汇成片火海，同向幽谷砸落下去。不料暗幽血腥之气逆冲而上，猛然翻卷，直将火海侵蚀干净！水属修者亦弄手段，化出滔滔洪流，欲冲刷了此地，竟为魔气所阻，未能奏功。诸般手段皆不显功，神侯不由大骂："好些个妖花毒魅，受了腐败冥暗之气重重相护！"

便有土行修士请缨："阴魔之力源出其下之腐朽尸骸，吾等愿以遁行法术深入其中，撬动腐朽之土壤，叫大人荡涤其间。"

闻其此番一说，神侯吃了一惊，喝曰："万万不可！其下蚀骨之气充盈激荡,毒腥之味翻滚涌动,尔等若深入其下,万难保全性命!"那修者倒不听神侯命令,喝一声:"去也!"弄个遁术,果然落去幽谷深下尸骸中去。其余土行修者纷纷效法,各自遁行,深入腐败龌龊之土壤深下,不畏魔气侵身之痛,无惧毒气蚀神之险。

少顷,果见幽谷暴动,阴魔之气紊乱开来,腥蚀之力四溢慌溜。

神燊不敢耽搁,趁此良机,率天兵悍然跃入幽谷,抵御腐蚀之气,以命相搏,烈焰、雷霆竭尽而发,不敢保留,遂焚尽骸海毒尸,涤净幽暗肮脏之气,摧毁忘忧花,使其绝灭于世,此害遂禁。至于远征勇士,牺牲者半,其中土行修者二十人,悉数捐躯。

第九章 Chapter 09 魔尊设阵济苍生　神獒奔走急备战

复行数月，神獒穿越混沌暗域，数迷方向，终归了浩南府。甫一落地，便见土地老儿惶恐相禀："大事不妙！夷人屯兵远海，将掀战事，已是剑拔弩张之势！"

神侯吃了一惊，赶忙向土地老儿详问，方知情形之危。原来夷姬觉知天兵捣毁了忘忧毒花，恼羞成怒，亲挂帅，调集巡航舰队，直向圣庭杀来。神獒大惊，顾不得歇息，跳上火凤，一冲而起。其穿云而上，立身天兵天将总统领圣禽大元帅府外，便要求见。那门童似是知晓他的来意，已抢先答道："元帅不在府内，一大早已去了天外校兵场。"

校兵场以宇外漂动之陨星拼连而成，悬于银河之畔，深沉巍峨，漠寒雄壮，能容百万天师，可演灭世攻伐，超出天地外，不在寰宇中。门庭乃由玄铁铸打而成，高九十九丈，沧然而立，气势恢弘，上刻"搏荒"二字，古意森森。甫临此门，尚未曾入内，已闻虎啸猿咆之音响，似觉万兽奔腾之战栗，好比立身亘古之悠悠长流间，臣服宇宙之浩浩荒寂下，深感造化之邃广，唯叹一己之渺微。神獒为其震撼，当下收敛脾气，不敢临空而行，跳下火凤，化作黑獒本体，奔驰而入。

但见演练场厚沉铺延开去，漠冷无垠，自成一界，继天地初开之寂蛮，同星际枯老之荒凉。往里直行数十里，弹身跃到一个小山头上，豁然大惊，骤见山下营帐连绵而置，角声呜呜烽火摇，狼烟四起烟尘滚。数万天兵列于旷野之上，摆阵布排，拉练出操，气势威武，而个个缭绕杀伐之气，果勇向前，凶猛无惧，尽显血色本性。

其中妖修者尽数化出本体，或猛豹，或狼豺，或黑熊，或暴猿，个个体格粗魁，凶悍嗜战，全以真身相拼，尽善于硬撼，长于幹搏。一时斗得起兴，惹得尘烟四起，乱石激射，好比百兽争霸，亦如诸王逐鹿。至于人族修士，亦收了神通，敛起术法，单以肉体相拼，近身格斗，赤手而搏，将些个本真血气、男儿情怀、大丈夫豪气尽数拼了出来。

至于上方高寂之中，更见一巨鹰盘旋不去，足够百丈之长，好比浮动之乌云，投下震慑厉严之映影；双目锋锐，若同皎皎幽月，巡查监督天兵之怠懒。此苍鹰凌驾雄师强兵之上，畅纵天外深袤之中，正乃天兵天将总统领圣禽大元帅是也。黑獒暗赞：单论操习练兵，大元帅真乃好手！

黑獒向那高天苍鹰传音："小神镇南侯有要事禀告。"便见苍鹰周身蒙蒙闪光，射出道乌光，落到黑獒身前，化成人样，乃是道灵体。大元帅笑着相问："原是你这獒犬，不去禁毒，怎有空跑到校兵场来了？"

黑獒开口道："夷人集结远海，将掀战事，恳请大元帅拨兵，以御外辱。"便见大元帅微微沉吟，思索一番，长叹："而今天兵天将多受忘忧丹贻误，毒瘾难消，一时间着实无兵可用。"又道："獒儿不妨施个缓兵之计，万万不敢兴战。"

黑獒亦知圣庭已为魔丹深侵，其毒非一日能解，当下不好多言，只得恭敬对曰："大元帅费心，只盼毒丹遗害早日祛尽。"遂暂搁借兵之事，不好再提。

这黑獒本是兽中之王，品性单纯。因陛下厚爱，立地飞升，一下子闯入了仙神之列。他倒不晓得神仙规矩，见大元帅不肯发兵，倒也无计可施，只好怏怏而回。

恰暗幽深下万灵魔窟之正义殿中，群臣忙于部署，正摆一座济世大阵，欲普吸众生魔性，祛除忘忧丹之遗害。魔尊把手下诸强派出魔窟，分遣十地之间，悄置阵旗，设下绝世大阵。又假殿堂中央之冥晶球，监察指挥众将，使之列位暗合诸天星辰之分布，不差毫毫。待手下皆已就位，便闻尊者大叱一声，气势大涨，周身光华外放，与魔窟融而为一，强改其轨。便闻"轰隆"一声巨响，万灵魔窟落入阵眼位置，济世大阵遂激活，万道魔华一同喷涌，冲出幽冥黑狱，直上云霄。高天星辰亦受调动，洒下灵韵，与深下之魔华共融，汇成漩涡，愈转愈疾，以至覆盖了苍穹，使浮云溜去不得。

众生大骇，惊觉七魂六魄为漩涡吸引，飘摇欲动，乃至精气紊乱，念识不安。

至于幽穴深洞之孤鬼独魅，更吓得瑟瑟直晃，似将崩溃，唯勉力坚持，自怜浮生之多艰，不识高宇之霸威。但见虚空漩涡浩浩而动，覆罩众生，汲取至纯魔力。一丝丝，一缕缕，若同涓流归海，众生体内魔性尽为吸纳。好比抽筋剥皮，个个痛苦不堪，似受凌迟之罚而又无力可抗。

如此小半时辰，高宇之漩涡渐息，天地复明。众生如蒙大赦，似是遭了一场噩梦，个个侥幸不已，向高穹拜谢。天帝陛下高坐宝华殿上，把一切瞧得明了，心下暗叹：幽冥小魔倒还有些胆魄！

且说黑獒向圣庭搬兵不成，无奈归返浩南府。土地老儿早已守候，焦躁不安。见黑獒归来，土地公赶忙问："大战在即，不知上庭何时增兵？"黑獒化出人身，张口便骂："慌慌张张，哪有为官模样！蛮夷野儿，何惧之有！"又道："而今天兵天将忙于祛毒，待大军康健，自然出兵御敌。"

土地老儿长居下位，本性乖顺，闻神獒言语不善，遂不敢多言，只是唯唯诺诺，小声附和。神獒心下正烦，挥手叫土地老儿先行退下。

土地公无端受了气，倒不敢顶撞，应了一声，恭敬往门外去。正要迈步出去，那土地老儿陡然痛呼一声，身子瑟瑟颤抖，神魂簌簌摇晃，一头栽倒在地，只见纯魔阴气从他体内剥离而出，化成缕黑烟，飘向了高处。

这黑烟正是忘忧丹残毒，竟自主飘离而去。神獒大吃一惊，心道：何方神圣，手段如此了得，能隔空摄取忘忧之毒。当下已跃了出来，往高空里一看，一下子惊呆了！只见轮回之漩门覆盖了苍穹，缕缕黑烟为其所吸，全没入当中。这轮回门竟全解了苍生之毒！神獒不由慨叹：天帝真是好气魄！

这黑獒全因忠义之心勃然而兴，性情至纯，见四方阴魔之毒尽为高宇吸纳，便以为是陛下的手笔。倒不知，这全是地狱深下魔尊的功劳。

这黑燊不由化出本体，欢喜得四下奔走，仰天长啸，竟流下泪来。火凤亦有所感，盘旋不去，欢唳不止。

黑燊长吼一声，化成人身，身披御雷铠，脚蹬迅紫靴，纵身一跃，跳上火凤背脊，冲霄而上，直欲向圣庭贺喜。神侯驾神凤而翔，眨眼已抵九霄乾坤圣宫。神燊瞧见宫门外有一武将酣睡，正为此间值守巨灵上神。

神燊不由唤了一声："上神醒来。"巨灵神呵一口酒香，晃一晃笨脑袋，微睁睡眼，半梦半醒间便问："神燊镇守下方，怎跑上界来了？"神燊答曰："今圣庭使得大手段，尽除忘忧丹遗毒，小侯特入宫相贺。"岂料巨灵神挥一挥手，漫不经心道："陛下并无召见，神侯请先回吧。"言说之时，这厮翻了个身子，竟又醉睡过去。

原来这个巨灵神尝放出话去，要收服了神燊。不料雪域之巅，黑燊只吼了一声，便吓住了巨灵神，叫那厮落荒而逃。九天仙神皆闻听了此事，叫巨灵神丢尽了脸面。这厮一直耿耿于怀，处处不叫黑燊自在。神燊不知个中缘由，只觉看门将无故阻挠，心间恼怨，暗骂一声：小小门将，胆敢张狂！

这黑燊尝独王绝巅，素来坚韧，当下在云霄之间转个弯儿，逆势而上，驾驭火凤冲破苍穹，到天外校兵场拜见圣禽大元帅去了。校兵场上，士气正旺：飞场寒风锦旗猎，烽火接远营连绵。喊声威震号角起，玄阵环镶铁甲密。士兵硬撼斗志扬，凶兽相拼沙场摇。

大元帅见神燊再来拜见，有些不耐烦了，冷声问："黑燊为何事而来？"黑燊赶忙传音："今天降飞漩，尽解忘忧丹残毒，恳求大元帅增兵南域，以防外敌来袭。"这大元帅统御圣庭百将，是个欺下媚上的主儿，很好面子。黑燊如此直谏，便有些驳他的面子。便闻那大元帅笑道："神侯无须自扰。而今圣庭大军已解了忘忧之毒，夷人万不敢来犯。"神燊见此禽不肯拨兵，恳切再劝："夷人猖獗，现已集结远海，早作提防为妙！"

大元帅一心想着把神獒打发走，应付道："神侯暂且归去，好生监视外夷动向，调兵遣将之事容本帅计议。"岂料黑獒忧心苍生社稷，一时忘了个人荣辱，蓦地乞求："恳请大元帅调兵御敌。"

圣禽大元帅不由动了恻隐之心，叹曰："弟不知汝兄之难！天兵天将多自尘世飞升得来，修行不易，经千年积攒，始有今日规模，不敢有损。外夷之事当以和为贵，万不敢开启战事。"言罢，不听黑獒多言，大元帅已收了灵身，化一道蒙蒙光华，归回苍鹰本体中去。黑獒心下大恼，倒无可奈何，唯归回浩南府中去。

可怜这黑獒，因救陛下有功，半路飞升为神，谨守忠义之心，怀抱济世之情，不屑融入诸神之中。其一心为天下着虑，品性至纯，不懂上庭之真实，不知其间之规则。上神大仙恼他莽撞，嫌他不知礼数，皆有意排斥他，故他处处受挫，遭排挤，受冷落，独处而坚强，隐忍而坚韧。世人皆爱黑獒之王者风采，正因其品格之至纯也！古来留名青史者，莫不如斯！性情至纯，而后坚忍不拔，铸造大业！

再说那土地老儿已解了余毒，周身魔阴之气皆除，鹤发仙颜笑憨掬，福寿祥容银须扬。老头儿守候浩南府内，见神獒迈步而入，颜色不善，当下不敢多问，唯小心陪侍。但见神獒叹了口气，清退左右，向土地公密声打听："此界可有妙人隐者，能与高天上位仙神通上话儿？"

土地公吃了一惊，犹豫一阵，方小心试探："不知大人欲通哪位上神？"神獒复叹口气，答曰："为苍生社稷，有事私求于二郎真君。"土地老儿暗下考量，竟又支吾开来，显露忸怩之姿，羞怯之态，似有难言之隐。

神獒心间不耐，双目间幽火一闪，厉瞪了他一眼。受此一激，土地公赶忙交代："此去千里乃为片桃花灵地，其间仙桃芬香嫩软，富藏氤华宝气，为诸神共爱，乃上庭特供。其中桃族圣女与二郎真君多有往来，能摆平大小事端。"

神侯叹曰："且将圣女唤来，本侯有事相求。"只见土地公翻身跃入地下，约莫半个时辰，与桃族圣女牵手而归。圣女依偎土地公身旁真的是娇羞妩媚，说不尽明眸皓齿，香肌雪肤。黛眉如柳面春风，一笑更胜桃花美。酥胸浅露体丰腴，鲜葩盛开艳照时。神侯心下笑道：好个糟老头儿，倒还敢金屋藏娇，老牛吃了嫩草！

便见圣女盈盈一拜，身似飞燕轻动，声如黄莺啭紫，乖语道："不知大人召小女前来，有何吩咐？"神獒叫土地公先行退下，又使神通，一挥袖袍，置下数重隔离结界，方邀圣女上座，亲看香茗。

圣女倒不推辞，樱桃小嘴呷了一口，直言道："窃闻神侯率一百勇士独闯域外，钦佩不已！今日侯爷但管吩咐，小女子定当竭力相助。"神獒长叹道："今夷人屯集远海，依杀器之利，凶兵之强，将大举来犯。然大元帅不知此间危亡利害，怯战自保，不肯调兵御敌。"圣女杏眼流光，美目相盼，专注听神獒说下去。

又闻神獒讲："府中天兵区区五百，另有三千反贼关押在牢。若假反贼之力，或能应对此劫，保南域无恙。"圣女通慧若兰，当下道："反贼结党为乱，抱团而立，多为桀骜莽顽之徒，好于斗殴，厌于操练，恐不便指挥统御。"

神獒露出迟疑之色，少顷，便坚定了决心，叹曰："一人之荣辱生死，岂比苍生之存亡。反贼头目乃为五千年鸿鹄，吞食混沌母石，战力不可小觑，为二郎真君擒拿，投掷瀚水，处以极寒之罚。若释放了鸿鹄妖，令其率贼怪共抗外辱，不知殿下以为如何？"

圣女微微一惊，低首沉吟："此事倒不易打点，妖王之判罚乃是天帝亲审，怕不好做手脚。"神獒赶忙道："妖王困于瀚水之央，有神阵相护，挣脱不得。本侯欲私救此子，使其率贼众抵抗外辱。"

圣女赞曰："妙哉！神侯真乃大义勇者！能齐上始大贤，可比古来至德。"神獒心叹：字字恭维，句句妙赞，真是个小女子！神獒不愿同她多作纠缠，直接道："本君窃闻妖王之守护神阵乃由二郎真君亲设，不知圣女能否代为好言，乞真君暗赐神阵布局图刻，好叫本侯潜入阵中，悄然救走妖王，叫仙神不察，妖鬼不知。"

圣女嫣然一笑，粉靥似桃花芬秀，朱唇轻启："神獒一心为社稷着虑，小女子万分钦佩，定当竭力相助。然妖王之寒刑祭礼乃为陛下亲判，常驻天兵轮看，时有天将巡视，怕不敢贸然劫狱。高至仙神大将，小至看守士卒，上下皆须好生打点一番。"神侯心下明透，识得此番面儿说辞，打点吏卒为假，替二郎真君索贿是真。神獒只觉又喜又哀，喜的是大事已有眉目，或无惧外夷来袭，忧的是仙神腐败，恐祸起萧墙之内。

神侯心下生悲，嘴上倒笑道："圣女费心，本侯全听安排便是。"但闻圣女沉吟："此事牵扯极大，寻常宝贝怕难叫上位仙神心动。小女心生一计，深感冒昧，不敢言说。"神侯答曰："圣女但说无妨。"圣女遂大胆直言："若把南域之五色祖地私献高宇大神，叫其能采当中之圣果灵粹，分占其间之福运禄气，则大事可成。"

闻圣女此般说来，神侯怒恨之气骤然上涌，一时难抑，"噌"的一声跃起，双目之间幽火腾腾直跳。盖五色祖地乃一处净地乐土，深得灵精之怪尊崇，奉作圣地。其方圆千亩，跻身南域中央，据传乃为上古时候五色土变化而成，沾染至圣纯美气息，为天地钟怜，受日月眷顾。当中灵泉潺潺而流，地乳汩汩上涌，瑞彩常喷薄，仙霞闪绚华。林木莫不成精，花草尽且通灵。参娃遍地嬉，灵芝欢快藏。老树悠然笑，彩蝶蹁跹舞。

神獒心下怨骂：好个二郎神，敢冒天下之大不韪，竟欲霸占祖地，侵犯古祖高洁！桃灵心思倒也灵巧，已觉得脚下飕飕发凉，遂起身告辞道："小女子言说不当，神侯莫在意。"话音一落，便已转身穿过结界，向殿堂外头走。神獒心下叹一声：罢了！心思电转间已有了决议，开口道："便依圣女之计，以五色祖地敬献上位神人。"

好个神獒，不愧为上古遗兽，纵啸绝巅，山中称王，自是气魄不凡，坚忍不拔，心下有了决定，语气便是斩钉截铁。

圣女乖声道："小女定当力促此事。"言罢，躬身一拜，方小心离去。见圣女远去，神侯陡觉心间绞痛，不叹己身之荣辱，实哀天下之兴亡。

第十章 Chapter 10 真君沉溺情欲欢　权势独大敢谋私

夷人集结远海，数十艘巡航祖舰巍巍而动，浩浩而行，威凌瑶海，势慑汪洋，好比混沌古兽一觉初醒，蠢蠢欲动，将欲怒震山河。战事一触即发。神侯远观夷人动向，心焦难安，数访大元帅，皆为门童所拒。亦上书陛下，然天帝不以为意。情急下，反复催问土地公，不知桃灵进展如何。其已决心行贿于二郎神，要释放鸿鹄妖出来，好依仗其力共抗外辱。

　　再说那桃族圣女与二郎神本有暗情，一得了神燊密令，便兴冲冲寻二郎神去了。桃灵拘来朵彩云，逆溯瀚水，及至白云间，寻见了二郎神庙。这二郎神庙沉浮幻灭，悬在瀚水源头。那看门童子不识得桃灵，便喝："哪来的桃树精，怎敢来此打搅？"桃灵也不生气，娇骂："讨打！本宫与你家大人相熟得很。"

　　童子听出了言外之意，立时换了个神态，好声道："仙姐姐不妨改日再来，大人今日不在府中。"桃灵追问："不知真君去了何处？"门童便答："小子倒不知晓。姐姐何不明日再来。"

　　桃灵心下生疑，假意离去。然潜伏虚空中，暗观察动向。等了小半日，便看见二郎神怀抱个美姬出了神庙。那美姬着装干练，神采飞扬，举止间有非凡英姿。细细一瞧，那女子发丝间有电光噼啪，脚掌上也有雷弧缭绕。原来这女子正是上庭大将闪电母神。这闪电母神与雷电神子并称雷电战将，看管宇外雷池，统御世间雷霆之力。此二者同进共出，天上地下皆以为其乃天造地设的一对儿，都不需月老儿来给二者牵红线了。不想二郎神功参造化，竟硬生生拆散了这段姻缘。但见神庙门前，二郎神拥抱着电母，竟热吻开来。良久，电母伏到二郎神身上，耳鬓厮磨，缠绵不舍。

　　桃灵躲在云层里，只觉心间绞痛，怨骂：真个是个无情义的人！想到自个儿是妖灵之体，桃灵目色暗淡，自卑自怜起来。

　　正此时，那电母化成道流光，御一道霹雳，消失在天际。桃灵再也忍不住，一下子跳出身来，朝二郎神扑了过去。那二郎神伸手一揽，便把桃灵抱在怀里。桃灵捶打着二郎神，神色悲愤，委屈难当，已盈满了泪水。二郎神哈哈大笑，以强力拘住了圣女，一把抱起她，便步入了神庙里。

庙里自有一番天地。那里头设了扇光门，接通了一片幻界。那幻界里头亭台楼阁无数，金雕玉柱不尽。歌音袅袅，舞姬翩翩。更有些个美人儿，披纱半裸，嬉笑玩弄，全无半点廉耻之心。律典不管此间，道德化为虚乏。谁能料想，好端端座庙堂，竟暗藏了座春宫。正是：外头堂皇播正道，里头尽闻靡靡音。

二郎神抱着桃灵径直入了卧房。把桃灵往床榻上一扔，一挥手，撕碎了桃灵衣裳。那么个曼妙胴体便显露出来。二郎神迫不及待，一下子吻住了桃灵的唇，舌头伸进去，纠缠到一块儿。双手游走，极力挑拨着圣女。此中之事，二郎神实在老道得很！只片刻工夫，圣女灵体已发烫，双颊酡红，呼吸愈加沉重。其美目顾盼，虚恍间全是渴求之意，不能自拔。二郎神微微一笑，魂体蓦地飞出，融入到圣女躯体中。圣女便呻吟开来，万分满足模样。

原来这二郎神腻了身体交媾之乐，玩出了新花样，开创了魂体同修之法。这法术乃是个极乐之术，抛却世间烦忧，不顾肉壳安危，只求交融之欢。此间之畅快淋漓，实在不得为外者所知。待二者精疲力竭之时，桃灵陡然颤抖开来，长吟一声，二郎神之魂体便飞离出来，重落回神躯里。桃灵长舒了口气，伏到二郎神身上去，轻轻捶了真君一拳。

二郎神问道："有何事儿，平白的怎跑到神庙里来了？"桃灵嘤嘤一声，巧笑："替真君接了笔大单子，特地来汇报。"二郎神果真来了兴致，往桃灵香唇上一吻，笑问："不知美人儿谈了笔甚样的生意？"

桃灵讨好道："神君以为那南域五色祖地如何？"二郎神之神采立时飞扬开来，赞叹道："那片土地方圆千亩，乃是由上古之五色祖地演化而成,终得天地之灵运精华,是片至尊宝地。"圣女趁机道:"那个黑燹愿意把五色祖地敬献予真君,好换取鸿鹄妖的自在。"

二郎神惊呼:"竟有此等好事!"复沉吟:"那鸿鹄妖犯上作乱,受镇于瀚水水底,乃是天帝亲判,倒有些不好捞!"桃灵把樱桃小嘴贴了上来,软舌拨动,娇笑道:"真君神通广大,何惧那个天帝老儿!"二郎神脑门儿一热,终于决心道:"便叫本君打点一番,把那个鸿鹄妖释放出来。"二郎神又同桃灵纠缠在一块儿。

二郎神把那瀚水牢狱的阵图交予了桃灵,便同她一块儿出了二郎神庙。桃灵依依不舍,同二郎神说些缠绵的话儿。恰此时,远际飘来朵彩云,跳下来个女妖精,照着桃灵的面门儿便打。幸好二郎神反应及时,一挥手,把那个女妖精推了出去。桃灵这才反应过来,一看便知,要打她的原来是个蚌精。那蚌精生得水灵,一看便叫人爱怜。

便闻二郎神叱道:"传了你点儿法术,还敢同本君动手!"那蚌精为情所迷,又扑了上来,全不顾自个儿性命。二郎神大叱:"小蚌精,本君同你早已了断,何必苦苦纠缠?"便见二郎神化出大大掌影,一下子把蚌精拽在手心里,远远抛了出去。

桃灵瞧得心惊,暗叹一声:这二郎神薄情寡义,不知伤害了多少女子!当下有些哀伤。二郎神瞧出了她的心思,大笑一声,低首便往她的唇上吻。桃灵把持不住,又迎合起了他。

再说神燹忧心天下事,央桃灵游说二郎神,要悄然释放了鸿鹄妖。等不来桃灵消息,神燹不由反复催问土地老儿。苦挨了三日,圣女终于来拜见,眉目间掩藏不去娇媚之色,正是春风掠过情洋溢,一番抹弄香无穷。神燹见她此番神色,便知其与二郎真君已然见过,赶忙问道:"不知正事如何?"

圣女颜色一羞,欣然答曰:"上下皆已打点妥当,二郎真君亦赐下了阵图。"说话之时,圣女玉手轻挥,便见道图烙自其指尖飞出,氤氤蒙蒙,流溢宝华。神獒一挥袖袍,把神阵烙图纳入袖口中。微一犹豫,终开口道:"本侯即刻遣天兵征收五色祖地,驱逐其间草木精灵。"圣女拜谢:"有劳大人费心。"

叹哉!黑獒一心为苍生着虑,唯不通为官之道,不懂处世之术,无奈之下,尽想出此等法子,以千亩宝地,行贿于二郎真君。此法虽能解一时之危,然埋下了隐患,以至于叫他丢了性命。这是后话,暂且不提。

再说神獒得了阵图烙刻,赶忙研究,终于找着了破解之法。盖二郎真君于神阵中悄留了暗门,可避开上庭监察,自由出入。神獒懊悔不已,暗骂:小小暗门竟索要千亩宝地?!神獒有气无处宣,呼啸一声,跳上了火凤,向南疾驰,寻妖王去了。

那鸿鹄妖困于幽暗水底,感上方神獒气息,不敢怠,赶忙探出身来,疾声相劝:"圣庭危矣!本王愿率领诸路大妖相助神侯安守四方!"鸿鹄妖一心只图脱困自由,不想慷慨之词正中了黑獒下怀。黑獒开诚相向:"上苍皆有好德之心。汝可愿戴罪立功,追随本侯共抗外敌?"

鸿鹄喜出望外,高声陈词:"大丈夫不惧身亡,唯求死得其所!本王敢对天言誓,愿以性命作保,全心与神侯共进退,征伐外夷。不求立功,但求无愧男儿本心!"神獒暗叹一声,潜入法阵中,搬神通,以死囚替换下鸿鹄妖,复悄溜而去。此间交易,世间概不能知。

嗟乎!黑獒之忠勇天下闻名,气概擎天,有独当之心,怀勃发之志,为守护一方安宁,被迫以千亩宝地行贿于上庭。哀哉!至于二郎真君,统率一班御官,执掌天地律条,主控世间刑罚,竟敢借此谋私,经营一己之产业。其欺蒙天帝,恣意行事,肆无忌惮,权职独大也!掌律者正为天地大盗,岂不悲哉!

第十一章 Chapter 11 雷霆神炮威力大　圣庭不防吃大亏

外夷之巡航祖舰森森而行，浩浩而发，自远海凶猛扑来，士气傲狂，气势横逞，逆迎叠浪而强闯，直面烟波而敢侵。正是：

恰似利刃扎汪洋，亦比铁拳衅瑶海。
海洋不动正入眠，一旦怒起天地翻。

巡航祖舰好似数十头庞然凶兽，破浪争逐，汹汹来扑。其呈环状布位，居中者正为"殿下号"，乃枢纽所在。指战室里，夷姬身披重甲，目色坚韧，神情肃穆，敛了好耍之玩姿，不见娇媚水性，卓然而立，全一片巾帼英雄风采。真是身怀绝技气势强，历经磨砺能独当。

有手下谏言："天帝得十地幽暗深下之阴魔相助，汲尽忘忧花余毒。各路天兵皆已健愈。其号称无敌神军，闻名宙宇，战力不敢妄测。恳请殿下三思！"夷姬冷面一瞪，斥曰："扰乱军心者，罪当论死！"如此一喝，只吓得那厮瑟瑟发抖，赶忙跪地乞饶。又闻夷姬道："本帅熟知敌情，进退自如，此战必胜无疑！"

恰此时，有探兵进来，沉声报告："已探查明了，摧毁忘忧圣花者，正为二郎神那只黑獒。"夷姬怨骂："原来是这只顽兽！"遂令大军调整方向，全力疾行，直向南荒扑来，要同神獒宣战。

且说浩南府内，鸿鹄妖宣誓效忠，决心率妖怪共抗外敌。神獒便领鸿鹄妖往囚狱去。那囚狱隐于后园之萋萋香草中间，竖一标记石碑，阴"暂看"二字，正言神侯同情妖怪之情态。玄域中间：绝壁万丈对断崖，怪岭连绵冲远去。灰瘴覆盖压群山，几处高峰将捅破。

深壑幽谷中间，遍洒众多妖兽，狼豺虎豹皆有，鹿麋猴猿俱全，蹒跚而动，迟缓吃力，皆受无形镣铐束缚。顿失高傲之心，不复自在之情，更无纵啸之意、夺霸之志。至于飞妖禽怪，栖于穴洞密阴中，艰苦维生，不能展翅出击。哀哉！

妖王身后化生雪凤之翅,悬立半空之中,见诸怪皆受无形镣铐捆缚,个个乖顺温良,不得自由,遂仰面怒啸。音波逆冲而上,威震山野,扰得霭烟翻涌,惊得瘴云四逸。神葵与其并肩而立,当下运术法,口中诵咒,若同暖风拂掠。便见三千怪贼一时狂奔乱窜,漫山遍岭,个个法力全复,精气大开。苍鹰振翅搏击,欲冲天外,直搅得高云翻涌;猛虎一跃千丈,驰骋向远,闯入重霭间;亦见怒猿暴起,激昂难抑,惹得滚石乱飞。诸怪甫得自由,一个个忘乎所以,恣意狂闹,极尽沛然之愉。

更有个胆大厉鬼,弄个隐身法术,接近了神葵,竟搬行刺之术,欲袭杀上威大权者,以报囚禁奴弄之仇。便闻神侯怒叱一声,右掌间光华大作,猝然一伸,扼住厉鬼咽喉,骂一声:"作死!"厉鬼悬于虚空,为威权者所钳,只觉周身将崩,挣扎无据,惊恐孤寂之情齐涌心间,万分无奈,竟摇头晃脑,号啕大哭开来。

神侯冷哼一声,右手一甩,把它狠狠摔到地上去。小鬼惨呼一声,身子已碎,化作块块浮团。少顷,重组于虚空,瞥一眼上位威权者,瑟瑟颤抖,不敢再抗。虽有不甘,扭头融入风中溜去了。

恰此时,有童子冲入此间,急声相报:"大事不妙!夷舰易改方向,直朝南域扑来,已抵五百里外。"神葵神色不改,喝曰:"来得正好!正叫它有来无回!"鸿鹄妖王亦是个豪爽之徒,昂然喝令:"兄弟们列阵集合!"岂料妖贼中间多为好耍贪玩之辈,皆在兴头儿上,对集结令不以为意。唯少数亲近者,聚了过来,吵吵嚷嚷,吆喝着向鸿鹄妖问好。

见妖怪稀松来聚,神葵心下焦急,再念咒语,好比疾风呼啸,便见群怪立时收敛脾气。虎豹不敢吼啸,豺狼不能奔驰,更有高天鹰妖直直坠落而下,"扑通"一声,砸进坚石中去。盖此咒激活了"奴囚铐""愚禁镣",叫妖怪们丢失自由,削封神通,禁剥术法,使其安分,不敢纵情。诸怪立时便起惶恐激愤之意,不敢抗争。

妖怪们果真听话安分了许多,纷纷求饶,往这边汇聚而来。神葵复念咒语，解了镣铐之痛。妖王朗声疾呼："夷兵来犯，叫我等不得安身！其偏居蛮野之地，素来骄狂，不识吾等手段！今日本王逆天归来，领兄弟们闹它个天翻地覆！"

此间三千贼怪皆非安分之辈，且困于此方牢狱间，憋闷难耐，今时俱为鸿鹄妖气概感染，吆喝道："全听大王命令，闹它个天翻地覆！"又闻妖王大呼："莫叫天兵天将抢了先去，吾等即赴东海，把夷人捣碎了喂鲸鲨！"三千贼怪遂呼啸一声，冲出此间，直向海岸扑去，奔袭夷人舰队去了。

神獒瞧得心惊，暗叹：有此草莽凶徒，何惧外敌相侵？神獒不敢耽搁，急率府中五百天兵，紧跟三千贼怪而去。

及至东海岸边，鸿鹄妖笑曰："神侯且率天兵隐伏高云之中，单管看热闹便是！"又向妖军大呼："杀向汪洋深处，叫夷人有来无回！"

三千贼怪果真受其感召，十二支队分头并进，踏浪而行，应合奔涛之澎湃，汹涌而动，相融汪洋之起伏，直朝着夷舰杀将过去。其势浩荡，凶猛而发，迅疾而动，与敌舰相向接近，尚不待其反应过来，已奔至近前，将夷舰重重围困。移至近前，夷人之雷霆神炮便派不上用场了。此次奔袭传载后世，被称为"潮海攻峰"，极言尘妖凡怪之势众，好比瑶海之浪潮，无歇无止，不可阻拦。

贼怪多为悍勇无畏之徒，各有神通，术法不凡，直欲掀翻夷人之巡航祖舰，好生耍上一耍，真个是场大战！

但见，惊涛连涌，骇浪高涨。妖怪三千攻势强，凶禽猛兽气势涨。利爪能割金铁壳，鬼魅善隐刺术高。烈焰陨石自调用，飓风水漩欲翻覆。一战大半日，夷人不能前。铁舰厚实能防御，雷霆神炮只远袭。夷兵亦有好战辈，苦与鬼魅相斡旋。善操机甲控傀儡，迎击凶怪拦猛兽。

"殿下号"中，有手下相劝："主帅！来敌攻势凶猛，近迫于前，雷霆神炮使威不上，不若暂行远避，再作计议。"夷姬素来坚毅，岂甘心就此退走，冷面瞪他一眼，令曰："机甲傀儡皆不作预留，全力迎击！兽怪长途奔袭，远离陆地，久之自退！"

过了半个时辰，有士兵仓皇来报："天兵天将隐伏云层中，设下烈火阵，傀儡战器多已受创，机甲损伤过半。"乍闻此消息，指战室里立时慌作一团，熙攘开来。左右急声相劝："天兵狡诈，隐伏云层之中，数量不清。其与妖怪相缔结，攻势凶猛，恳请主帅下令撤离。"

夷姬骂一声"无用"，令曰："收缩防御，调动雷霆神炮轰击高空，炸飞天兵天将，余者随本帅共退敌兵！"当下拔出佩剑，冲出指战室，跃到汪洋上，大叱一声，直迎着诸怪挥了上去。

其尝学艺于圣庭，拜师上神大仙，杂糅多家，神通诡阴而果决，剑术厉狠而无情。锻一柄雪剑，锋利无双，神采流溢，吞吐数丈光华，可与日月争辉，名曰"日不落征伐之剑"，极言其征服称霸之心。其挥动神剑，步法迅疾，脚踩碧波，冲入妖兽群中去，趁诸怪不在意，眨眼割下颗虎妖脑袋，又回身砸碎只厉鬼。厉鬼惨嘶一声，顾不得重组，分散奔逃。

当此时，雷霆神炮轰然炸响，一齐发向高空。便见苍穹化作漫天火海，直欲翻覆；闪电横空，欲撕裂高穹；巨鸣之音回荡天地间，隆隆不息；气浪猛冲而下，倒卷掀来。其势浩大，似轰破琼宇，坍塌苍天。天兵隐伏高云上，未曾先察，躲避不及，皆为雷霆之力重创，好似下饺子般跌下海中来。海上三千凶怪，为夷人威势所慑，露出迟疑之色。

此时黑猋拔众而出，勃然大怒，化出本体，长吼一声，音波滚滚，直震得海面激荡澎湃。掀起惊浪骇浪，全涌向巡航舰队。又化出个巨大幻影，猛地一撞，便把只巡航舰撞翻了。那巡航舰乃是件法器，有阵法相护，翻了个圈儿，终究稳住了。只可怜那些个夷兵，撞得东倒西歪，痛呼惨叫，已识不得方向。

鸿鹄妖心道：也不知夷人有甚宝贝，竟抛下雷霆炎海，要往陆上轰隆来一下，那还了得！其吞食了混沌母石，实力翻涨，又受寒刑苦砺，而今浑身是胆，勇敢无惧，当下不敢迟疑，大喝一声，雪翅一拍，周身火焰缭绕，迎着夷姬而去，招招凶狠，直欲立毙此犯。岂料夷姬身怀绝技，见招拆招，竟战了个旗鼓相当。

一斗便是近百回合。凶妖战力强，夷人身法好。火光映汪洋，汪洋多起伏。鸿鹄妖绝强，统率群怪勇无惧，力似大地磅礴涌；夷姬诡谲，偷师圣庭学有成，神剑锋利敢冲击。一方力猛，一方执锐。鸿鹄妖掌脚并用，环环相踢势不竭，双臂交挥千钧劲。夷女全凭宝剑锋，身影迅疾敢冲锋。鸿鹄搬弄虚幻法，漫天皆是凶怪影。夷姬不辨其真假，神剑虽利不敢抗。骇然夺路仓皇奔，败象已显势不复。

鸿鹄妖斗胜了夷姬，一路追击下去。三千凶怪受其气概感染，呼喝着扑倒夷兵。更见只幽鬼溜进"殿下号"中，掩于暗角，待个夷兵经过，猝然而袭。寒芒一闪，夷兵便仰面倒地，不及呼救一声，已丢了性命。幽鬼复融进黑暗中，四下搜寻，见着个落单之兵，正欲出手，赫然大喜，止住身子不动。当下收敛全部气息，万分专注，直欲一举拿下！

盖来人正是夷姬殿下。其碧发凌乱，颜色苍白，为鸿鹄妖所创，险险溜回"殿下号"中。其心下正乱，一时不察，竟不知有小鬼埋伏于侧。厉鬼激动不已，身子直颤，寒刃已然飞出，猝然间袭向夷姬脖颈，直欲立毙其命。岂料夷姬怒叱一声，日不落剑霍然一挥，便把小鬼击碎。

夷姬径直进了指战室，理一理乱发，沉声令曰："后撤五百里，集结待命！"手下多不愿掀起战事，当下皆喜，谨遵殿下命令，操控巡航祖舰急速后退。凶怪慑于雷霆神炮灭世之威，不敢穷追，分散疾驰，退归南域去了。

夷人出师不利，仓皇间匆匆败退，数十艘巡航祖舰后撤五百里，退归远海之极际。"殿下号"中手下争相直谏，劝曰："殿下！妖怪个个凶猛，悍不畏死，吾等敌之不过，此战万不敢兴！"

夷姬素来顽勇，向不服输，此次请缨远征，怎甘心败北？见手下争相劝谏，夷姬美目一瞪，周身威压高涨，训斥道："尔等竟叫小妖凡怪吓破胆儿！吾等雷霆神炮有灭天之威，伐道之能，岂惧小小妖怪？"手下多为夷姬之威严所慑，尽皆稽首，不敢多言。夷姬又道："九天乾坤圣宫乃天地中枢所在，执掌万灵之生死存续。若以雷霆神炮围轰摧袭，大事定成！"有手下谏曰："此计妙哉！然乾坤圣宫悬浮九重天外，隐于蔚蓝间，缥缈难寻。素闻其之巍峨，不见其之面目。既无图烙，亦无内应，贸然间不好觅其踪影。"夷姬笑曰："本帅自有法子。"

夷姬向左右交代几句，弄神通，化一道流华，跃出"殿下号"，融入曦光之中，掠过汪洋，极速而行。值此临战之际，其身担统帅之职，竟敢擅离阵队，直向紫麒玄域而去。紫麒玄域悬于白浪汪洋之上，远离内陆，汲取海天交融之灵华，吸纳寰宇内外流转之宝气，郁郁葱葱，正一片向好景象。其中神兽紫麒麟尝游历域外，与夷姬旧识。夷姬窜入紫麒域中，隐藏身形，溜入书房去，不敢叫童子看见。

紫麒道人心下正忧，徘徊不定，骤觉夷姬来访，不由吃了一惊。夷姬倒已弄法术，设下隔绝结界。

道人不由抱怨："说好重缔友好之约，殿下怎敢发兵来攻？"岂料夷姬跳入紫檀灵椅中，一拍茶几，怒曰："天帝老儿受贼子蒙蔽，暗遣天将偷袭吾朝，屠杀守卫，捣毁忘忧圣花，此仇非报不可！"道人埋怨道："殿下实在鲁莽！战事怎可轻启？"夷姬美目一瞪，周身威压释放出去。紫麒道人为其威压所制，一时倒不敢辩驳。

夷姬又道："吾若以神兵利器捣毁乾坤圣宫，袭杀天帝，另选德才美好者为王，则天下大治，寰宇同乐！"紫麒道人吓了一跳，骇然大惊，赶忙劝道："此事万万不可！战争之事，岂能儿戏！"

夷姬好语道："大哥心忧苍生，情德高仰，胸藏经略，文治武功皆可称绝，自当引领天下，怎甘偏居一隅以苟安？待妾身推翻圣庭，便扶大哥称王，重塑上界，使四方大治。"道人果然心动，一时犹豫，支支吾吾。

夷姬厉喝："为苍生计，今之圣庭非变革不可！"又道："大哥只需内应，悄引乾坤圣宫方位，言明天兵天将之部署，余者本帅自有安排。为苍生福泽，大哥切勿推辞！"

便闻紫麒道人叹息一声，终下定了决心，右掌上灵华莹转，变出个法宝，献予夷姬。夷姬接过宝贝一看，不由大吃一惊。法宝下方是个四方铜盘，倒映宙宇，包容诸天万象，深邃奥妙，玄机莫测。上方是个斗柄，随念而动，绕铜盘旋动，指示方位。

道人叹曰："此宝贝唤作'心想罗盘'，乃圣庭密宝，由高宇二十八方星宿联合炼制，包罗天地万象，随念而动，能指方位。"夷姬心下默念声乾坤圣宫，见铜盘里果真显出天帝圣宫，悬于九天开外。斗柄亦随之而动，指其方位。夷姬欢叫一声"妙哉"，又道："大哥放心，待妾身捣毁圣宫，定扶大哥为王，经纬天下！"

道人复叮嘱："南天门乃仙神王侯出入之径，常驻守军五千，日夜巡视，监察甚严。其余天兵分散九天十地之间，远离乾坤圣宫，皆不足为虑。唯宇外搏荒校兵场中，毗邻乾坤圣宫，常驻大军数万，须作提防。"夷姬大喜，情不自禁，纵身一跃，香唇轻抿，已在道人额头上亲了一口。道人一时不察，匆忙间不及防备，叫夷姬亲了去。夷姬嘻嘻一笑，道一声"妾身去也"，复化作流华，溜出紫麒府。

夷姬一路上不敢耽搁，疾驰而行，不过半个时辰工夫，已归返"殿下号"。指战室中，一干夷兵正没主意，见公主殿下归来，急唤一声"统帅"，又问："当此之际，不知是进是退？"夷姬一拔日不落征伐之剑，寒光一闪，往案上一插，令曰："直捣黄龙，摧毁乾坤圣宫，擒住天帝老儿，叫仙神妖怪归顺为奴！"

众手下为殿下气概感染，一时呼喝纷纷，斗志昂扬！但闻夷姬又令："大军分兵两路，一路合围乾坤圣宫；一路由本帅亲领，偷袭校兵场,屠尽其中天兵天将,好震慑天帝老儿!"夷兵遂行动开来,阵队一分为二,击碎虚空而去。

再说搏荒校兵场上,圣禽大元帅正展翅巡视,浩影投落之处,天兵莫敢怠懈,个个全心操练,尽力搏击。大元帅心下得意,正欲收了本体,蓦地惨哎一声,心口剧痛,铁羽根根倒立,庞然身躯直直坠下,竟收势不住,"轰隆"一声,砸进陨石中去。

少顷,圣禽大元帅方自坑里跳出来,余悸未消,吁一口气,掐指一算,陡觉心间一慌,料大灾顷刻将至。这厮骇然不已,身子颤抖不止,当下顾不得其他,匆忙间急搬溜遁之术,瞬间移出校兵场。

此禽得天帝倚重,身居要职,得秘力加持,有气运加身,战力自然了得,溜遁之术更是非凡,能先料危情,抢先脱逃。圣禽大元帅甫一移身出去,校兵场四下立时轰隆大响,雷电霹雳倾泻而下,烈炎赤焰翻滚澎湃,陨石山体远掀而去,惨呼哀号怒吼之音更是连绵不绝。盖夷姬亲率巡航炮队击碎虚空穿越而至,骤围校兵场,数百神炮齐发射,紫雷赤炎无情洒。校兵场常驻数万大军,皆受神炮攻袭,受困雷网之中,淹身赤海之中,尽皆丧命,无一能逃。

深怨英魂冤屈死,不得血战裹尸还。

灭世屠戮十方狱,无尽怨念憾千史。

圣禽大元帅感识灵敏,先有所觉,慌乱间舍下数万大军,独自溜遁而去,单单避开此劫。其掩身宇外陨石带中,见校兵场为夷人巡航重器团团围困,雷霆烈炎倾吐而泻,好比天道判罚,直把整个校兵场化作冤狱。

大元帅心下大骇,一时孤愤无助,朝乾坤圣宫疾驰而去,好倚靠天帝老儿。大元帅全不知晓,敌舰队一分为二,已抢先包围了乾坤圣宫。

第十二章 Chapter 12 情势陡转天帝奔 神獒倨傲自戕亡

圣禽大元帅眼见搏荒校兵场遭重炮轰袭，顷刻间化作烈火之狱。这厮骇得落荒而逃，化出苍鹰本体，一路疾掠，横越蔚蓝之高天，直向天帝求助去了。尚不曾望见乾坤圣宫，蓦地已闻轰隆巨响，音波若同万道雷霆炸开，激荡开去；声浪好似火山喷薄，炎流滚滚而下。

大元帅骇然大惧，急搬隐身法，藏身云浪间，弄眼通之术远探一番，不由骇然大惊。盖乾坤圣宫已为夷人巡航重器四下围困，更见南天门受雷霆神炮袭击，訇然倒塌，化作一片狼藉。其间雷光纵横激荡，赤焰流溢四下。许多骸骨焦尸横陈其间，皆为南天门之守卫天兵，不及反抗，俱为神炮轰杀。

夷人飞降而来，霎时已摧毁搏荒校兵场，又攻破南天门，封困乾坤圣宫，竟欲掌控圣庭。其布局精妙严谨，竟无丝毫预兆。圣禽大元帅心忧天帝安危，此刻顾不得多想，借云气掩身，自夷兵合围间隙溜入乾坤圣宫中。灵狐寿鹿仓皇奔，祥禽彩羽惊慌鸣。

大元帅径直进了宝华殿中。殿堂上，天帝老儿正与群臣紧急商议，个个惊惶，莫衷一是。正闻二郎真君朗声请战："蛮夷猖獗！吾圣庭居寰宇之高巅，俯临四野，岂容小丑挑衅！臣愿领兵击溃来犯之敌，好叫化外蛮愚之徒知上庭威严！"

天帝喝一声："好！"令曰："大元帅与二郎真君同去退敌！"圣禽大元帅骇然一惊，"扑通"跪地，双腿发软，慌忙奏曰："陛下！此计万万不可！"其亲眼见夷兵雷霆神炮之威猛，早已吓破胆儿，惊魂难定，哪敢领兵出战，送上门儿去！天帝怒目相向，大斥："元帅何意，敢违抗圣令？"

圣禽大元帅骇然一吓，赶忙伏身，颤声谏曰："微臣得陛下隆恩，虽九死不悔，然夷人重器围困，陛下身陷危局，臣不敢贸然出战。愿护佑陛下先行退避，再商议退敌之策。"殿上诸神尊大元帅为长，立时附和，皆劝陛下撤离。

岂料二郎神是个斗战狂人，素来高傲，艺高胆大，有恃无恐，愤然驳斥："乾坤圣宫乃为天下之锁钥，圣庭之襟喉，岂能拱手让敌？"大元帅心中把二郎神祖宗十八代都骂了个遍，恨他不知进退。

圣禽大元帅谏曰："夷人不知有甚法器，能搬天外雷霆。轰隆一声，若同大道怒罚，摧袭万物。宇外校兵场数万大军已为其轰杀矣！恳请陛下避其锋芒。"其心下惶恐，一时说漏了底，把宇外实情交代了出来。天帝老儿顾不得问责，露了怯儿，赶忙令曰："夷人汹涌来袭，诸卿随寡人移驾中军大营。"大元帅赶忙进言："臣愿留下道灵身，率宫中天兵反向突围，好掩护天帝脱离险境。"天帝赞曰："鹰儿忠心可嘉。"

圣禽大元帅遂分出道灵身，集合天兵，驱来灵禽祥兽，声势嘈嘈，向东边儿突围而去。天帝不多耽搁，命二郎真君当前开道，瞅准时机，弄隐身法术，从西边溜了出去。朝中百官紧随天帝，皆跑出来了。一行不敢稍停，匆忙间奔逃高宇之九重天，一落而下，竟收势不住，直至五重天中军营帐，方停了下来。

百官列位集合，已是另一幅光景。——不复高尊凌傲意，狼狈苟安心畏怯。今昔跌落九重天，颓势一现上下恸。

圣禽大元帅分出道灵体自东门佯装突围，掩护天帝脱困。夷人不识此计，见大元帅自投罗网，遂合围四下，直欲活擒了他。大元帅四下奔逃，左右突围，意在拖延时间。其估摸天帝已率群臣溜出险境，遂轻笑一声，周身灵华莹闪，便欲搬个遁术瞬移而去。

岂料"殿下号"中骤然推出个掌影，直直击打在大元帅身上，击溃其周身灵华，禁锢虚空，破了瞬移神通。盖夷姬率炮队偷袭校兵场得手，不敢耽搁，急令"殿下号"击碎虚空，穿梭而来。正赶上圣禽大元帅瞬移而出，遂禁锢虚空，拘住了大元帅。这夷姬倒也了得，化出个掌影来，紧紧一抓，便把大元帅擒住，拖入"殿下号"中去。

夷姬把大元帅擒住，拖入近前一看，方知其并非本体，乃是道灵身。夷姬只觉索然无味,喝道:"若想活命,便劝天帝老儿快点归降!否则叫他形神俱灭!"闻夷人对陛下无礼,圣禽大元帅心下愤怨,遂嘲笑道:"陛下早已脱离而去,将率大军来剿。尔等小贼命不久矣!"夷姬吃惊不小,赶忙跃出巡航舰,潜进乾坤圣宫,始知天帝老儿果真率群臣溜了去!一干夷兵遂大胆进了乾坤圣宫中,个个惊得目瞪口呆,垂涎欲滴,叹为观止。

但见:宝楼仙阁四五步,灵泉金桥烁明华。彩土氤氲碧山立,四下圣药馥郁香。名木相接连高殿,一梁一柱有道韵。暖玉奇石聚灵运,妙笔香墨凝宝气。

夷兵本为匪盗之性,依抢掠为生,靠征伐敛聚,梦寐于强取豪夺,侥存侵占之心,常怀暴发之欲。其冲进乾坤圣宫,见满目宝物,仙品琳琅,一时忘乎所以,激动得长嚎打滚。

尚不待夷姬命令,便已争相搬移宝贝,将些个珍宝仙品搜刮一空,尽数移到巡航祖舰上去。连些瑶草清泉亦不敢遗下,用空间法器席卷而去。

正是:

蛮盗不懂妙美意,嫉美强取心自卑。
空占宫殿掠宝物,徒得华壳不悟道。
大火难隔传续心,悠悠文明岂能夺?
儿女奋力须自强,再复此间辉煌傲!

夷姬进了宝华殿,往天帝宝座里一卧,右手一挥,便把圣禽大元帅释放出来,摔在阶下。大元帅怒斥:"孽障!胆敢亵渎天帝圣威!"夷姬全不理他,冷声道:"雷霆神炮替道巡狩,有摧枯拉朽之威,无往而不利。天帝老儿若敢归来,定叫他全军覆没,碎骨粉身。"又道:"吾尝学道于圣庭,深慕圣庭法术之精妙,不欲战事,然妖王与神獒勾结,伏兵汪洋中，偷袭吾等，士兵怨恨不已，皆为复仇而来。今便放汝归去，叫天帝老儿遣来使者和谈！如若不然，只好轰碎了乾坤圣宫，一斗到底！"

圣禽大元帅顿时来了兴致，爬起来向高位者行外交拜礼，恭声道："圣庭天将总统领圣禽大元帅参拜公主殿下。"夷姬笑曰："原是天兵天将总统领，久仰大名。"大元帅心下一喜，又问："不知殿下想怎么个和谈法子？"

夷姬略一思忖，便道："下界神奭与妖怪勾结，先是偷袭吾朝圣花，后又行刺本宫。其意欲挑起战事，好居中渔利，培植一己势力。"大元帅惊呼："竟有此事？"夷姬神色不变，又道："大元帅不妨先表诚意，擒拿妖王，重惩了神奭，而后再议和谈不迟。"盖夷姬尝为妖王大败于浩海之上，耿耿于怀，遂以此计报复，真乃小人心怀！大元帅不敢相驳，行礼告辞，转身退出宝华殿，化一道流华，溜出了乾坤圣宫。

圣禽大元帅一路加急，直去五重天同天帝会和。其心知神奭品性忠勇，身披护驾之功，为天帝偏爱，遂一路盘算，不敢轻作决断。其不意神奭之生死亡祸，只害言论不当，遭天帝厌嫌。这厮进了中军大营，见天帝正与群臣共议发兵反攻之事，遂不敢多言。恰闻天帝怒骂："西夷蛮徒，沐皇恩而不感怀，享慈仁而生狎叛之心。凭一夫之勇，而妄谋千古圣朝；依一器之利，竟欲挡雄师浩威！本尊决心亲率大军围剿之！"

闻天帝决定领兵亲征，圣禽大元帅赫然一惊，心道：夷人神炮威不能撼，陛下若落个好歹，如何是好？其心忧天帝安危，疾声道："夷兵畏惧天帝神威，意欲和谈。若能不发一卒而叫其退兵，亦为良谋也。"天帝反问："夷人可愿退兵？"圣禽大元帅便答："此战起源于下界神奭。其发兵蛮域，招惹来外夷之敌。"天帝拍案赞曰："神奭乃勇将也！"

大元帅妒心陡生，诬陷道："神奭与南荒反贼勾结，暗下培植势力。更招惹蛮夷，直欲挑起战事，好假外夷之利器而加害陛下。其尝称王崇山，纵啸绝巅，生性好勇斗狠，恣意为事，岂甘臣服于圣庭，俯首乖顺？"又道："此祸全起于神夔，千刀万剐尚不足以抵其罪孽！当下之计，唯以其尸首平息夷人之怒，叫夷兵撤退，吾等好早日归返乾坤圣宫。"

好个大元帅！不见其之领兵作战之才，倒有张巧嘴极尽颠倒黑白之能事！有此利嘴，便可左右逢源，虞诈欺瞒，平步青云！

天帝心有所动，沉吟道："只怕蒙屈了忠义之情，叫天下寒心！"又问："二郎真君以为如何？"真君已有准备，答道："新近得报，反贼头目五千年鸿鹄妖竟脱逃而去，或已归服神夔！"其尝受贿于下界神夔，得千亩宝地而强断寒刑祭礼，悄放走鸿鹄妖王。此时恐受牵连，竟先一步抖落出来，好把神夔定个死罪，无使辩白。但见天帝登时大怒，猛一拍帝座，身子腾地蹿起，大骂："好只黑夔，不改劣兽本性，敢与反贼勾结！"二郎真君便趁机道："臣愿往下界行上一遭，捉拿神夔，擒杀鸿鹄妖，好平息此乱。"

天帝叹息一声，应允道："爱卿速去速回！"二郎真君点十大天将率一万天兵，浩浩荡荡直朝浩南府扑杀而去。当此外敌来犯之际，其不思战场杀伐，反有兴致诬陷忠勇之臣。盖其恐东窗事发，唯求自保尔！

且说神夔英勇无畏，联合鸿鹄妖一同阻击夷人炮队。三千贼怪一心守土卫家，众志成城，竟大败夷人炮队，尽毁夷人之战甲傀儡，使其大挫败逃。当时顾忌雷霆神炮之威势，众怪不敢穷追，分散急退，集结浩南府中。

甫一归返府中，神夔不敢歇息，立时祭出七彩冰晶镜，监察天上地下，追踪夷人阵队，深恐其卷土再来。岂料夷姬不甘败走，竟孤注一掷，令炮队轰袭搏荒校兵场，围困乾坤圣宫，逼退了天帝及一干上仙大神。

神夔依七彩冰晶镜之俯察千里之能，全把一切瞧得清楚，心下大急，已令童子唤妖王来议。待鸿鹄妖迈步进来，神侯匆忙上前，拉住妖王便并排坐下，又盼咐童子看茶。神侯忧声道："夷兵摧袭校兵场，围困乾坤圣宫，强占宝华殿，情势危矣！"

妖王劝道："天帝既溜出重围，神侯无须多虑。不妨定心，以观其变。"然神獒实乃忠义臣子，全无称雄之志，唯一心为圣庭着虑。今夷人兵围高尊上庭九重天之乾坤圣宫，神獒哪还坐得住。

其微一犹豫，终于向鸿鹄妖请求道："今圣宫遭侵，时局动荡难测。本侯坐立不安，望先生勉力相助，率三千勇士逆伐而上，击破敌阵，以解上庭之危。"岂料妖王心胸狭隘，忧虑一己之得失，全不顾苍生之存续，其断然拒绝道："本王蒙神侯搭救，脱困而出。然戴罪之体不敢久居府中，深恐为上庭缉拿，怕连累了神侯。"

神獒惊呼："先生竟欲此时离去？"看鸿鹄妖心意已决，神獒无奈，叹曰："罢了，先生自便！"鸿鹄妖言一声谢，长啸一声，化出本体，直窜出浩南府，复归深山。

此妖本是反贼头目，尝率贼寇近万，安营扎寨，敢与上庭公然叫板。自吞食混沌母石以来，战力翻涨，又学得天干锁神阵，能合地妖之力制裁上界大仙。况且意志超常，久经寒刑祭礼磨砺，耐住寂寞考验，超脱新生，已初具王者之心，非昔日可比。值此乱世多战之秋，此等枭雄一经自由，便好比兽王归深莽，所掠处定当山崩林塌，重建格局，掀起大片不平静。正是：

心高怀远纵自在，一飞凌天小苍莽。
长啸一声百兽吼，双翅拍打搅风云。

至于此中翻天覆地之情由结局，实乃后话，暂且不提。

再说浩南府中，神獒独坐高堂，蓦地一拍茶几，大骂："好个妖贼，无情背叛，实不堪共谋！"其怨鸿鹄之冷漠心寒，说走便走，全不顾搭救恩情，更不管圣庭之危亡存续。神侯愈想愈气，释怀不下。

过了半个时辰，怒气渐息。遂唤来土地公、山神二将，交代道："今上庭危急，本侯意欲登天而上，陪侍陛下左右。至于看家护院，便有劳二位了。"土地公、山神二者不敢违拗，应了下来。

神獒一心为上庭着虑，岂料天帝正遣神仙下界，直欲擒他问罪。二郎神主动请命，率一万天兵穿破云霄，已朝着南域扑袭而来，骤然围困了浩南府。二郎真君令曰："若遇反抗，格杀勿论！"其凌驾虚空，身披银光铠甲，手中三月神戟猛地挥下，勾动九天威势，直砸得神府摇摇欲坠，浑欲坍塌。神獒正向土地公、山神二者交代任务，岂料骤然遭袭，当下怒叱一声，便已冲出大厅，凌虚踏空，直往高处去。一望之下，神獒赫然大惊。

便见二郎神威风凛凛，已率天兵天将合围了浩南府。神獒不敢发怒，远远向二郎真君恭敬跪拜："神獒拜见二郎神主。"其尝为二郎神胯下战宠，至今不忘主奴之恩。

岂料二郎神全不搭话，反握神戟，当作飞叉用，倏地掷出，便欲立毙了神獒性命。三月神戟尖锐射寒，破空袭来，全罩而下，呼啸间带有俯掌之势。神獒大吃一惊，猛力一闪，避过要害，倒已为余势拍中，远掀出去。其弹身一跃，化出神獒本体，双目怒火喷薄，一声咆哮，直朝着二郎神冲高而来。其四肢强健，乌毛若云，踏空而上，御风而动，骤然一扑，直欲覆压二郎神。其昔时为真君收服，今已得灵丹启悟，战力澎湃，非同凡响。

腾跃间相伴搏斗坚勇之意志，精气盈沛，一冲而起，上拔之姿态不可阻拦，勃发之神采昂扬天地。

真君骇然一惊，不敢撄其威，闪身一避，化一头猛犸巨象，高三十三丈，势大力猛。巨象一声长啸，音波冲霄而上，搅得浮云翻涌而动。猛犸巨象依其庞然高势，蛮冲横撞，翻身一滚，直朝着神獒碾压而来。

神獒全不惧它，张口一咬，撕下块肥肉，又纵身一跃，跳到云霄里，双目射寒，漠临四下，傲视一千天兵天将。二郎神痛呼一声，收起大象幻体，大叱一声，双腿一蹬，挥动三月神戟，朝着神獒攻伐而去。一斗便是近百回合。

二郎神权势大，天兵拥趸干将多。身居高位自骄恃，武器强绝敢翻弄。一招一式应者多，尽占优势心更狠。黑獒身单力且孤，全凭一颗壮勇心。苦斗恶战遭围堵，万般无助陷困阵。黑獒深叹息，真君情洋洋。天兵天将齐运法，直欲封禁神獒魂。神獒傲立心不屈，仰首长啸已自戕。身化坚石恒遗存，中间精气冲高去。

盖神獒遭天兵天将围猎，陷落法阵中，愤懑不已，乃至自戕而亡，以捍卫其傲然忠勇之品格。其尸骨化作坚石，"嘭"一声落入浩南府中，正砸进后园芳草中央。后来鸿鹄妖为其修亭立碑，题词咏之。

词名《忠义黯》，久传于世，曰：

獒像雄立镇一方，目射火、毛烁寒，四肢健壮擎天柱。隐隐吼声不绝息。风避退，云骇去，其间精神浩天地。鲁班大神哪能肖？

生前身后寂寞愁，芳草凄、烟瘴起，翘首昂立不畏死。孤月长伴高穹远。夜沉锁，星光淡，两团幽火目中燃。何惧前路不可期！

神獒是个刚烈性子，绝路之下竟自戕而亡。二郎神未料此变故，神色一呆，叹道："忠义之情绝灭矣！"其收起感怀之心，漠立虚空中，一开天眼，四下搜寻一番，终不见妖王踪影。真君心道：小贼倒溜得挺快，早晚把它擒杀。当下不再费力追踪妖王去向。正有天将呼喝一声，擒来土地公、山神二人，丢到二郎真君脚下。

土地公已骇得哭出泪来，磕头乞饶："小神仰佩真君已久，为奴为隶，愿报真君恩情。"见土地公姿态恳切，二郎真君便动了恻隐之心，叹道："罢了，便暂饶了尔等性命。"言语甫落，已搬袖里神通，把土地公、山神二者纳进袖中。

当下顾不得多管，急向天帝复命去了。至于浩南府内三千贼怪，遭天兵围捕，毫无畏惧之色，口中呼啸，个个血气沸腾，悍然搏杀，嗜杀骁勇，不甘束手就擒。天兵骇其气势，不敢拼命，多叫其溜逃了去。

第十三章 Chapter 13 魔尊施法降厄咒　黑燊有望获新生

二郎神领命去了趟下界，害死了神燊，心下大轻，遂归返上庭，向天帝复命去了。天帝骤闻神燊身殒消息，哀然大恸。良久，方敛了情绪，恨声责备："只欲擒来问话，怎把他逼死？"二郎神不慌不忙，答曰："神燊与反贼相勾结，草木皆兵，经不得小神一吓，已畏罪而亡。"圣禽大元帅亦谏曰："陛下节哀。今夷人作乱，依利器之强，敢冒犯天威，触怒圣仪，偷袭校兵场，强占乾坤圣宫，恳请陛下早作决断。"

天帝遂问："鹰儿以为如何？"圣禽大元帅便答："神燊既畏罪而亡，末将愿与夷人和谈，劝其退兵而去。"天帝一拍王座，发狠道："蛮夷放肆！敢不退兵，吾定率大军倾覆之！"大元帅惶恐应道："天帝息怒，末将必能叫夷敌退去！"遂直去了九重天乾坤圣宫，亲身与夷姬和谈。

乾坤圣宫已遭夷人抢掠，奇葩稀木尽折夭，珍石美玉无处寻。至于琼楼高殿，金桥流泉，夷姬搬它不去，遂常住圣宫中，贪享其间之雄壮威严。圣禽大元帅展翅而翔，御风而动，奔赴九重天。及至南天门外，盘旋于残垣，不忍落下身来。

良久，方收起苍鹰本体，化出大元帅风姿，落到废墟上，勉力提神，强作镇定，匆匆迈出此间。其向夷人守兵好语道："吾乃圣庭天兵天将总统领，奉天帝之命，前来相谈和解之事，望通报一声。"夷兵不敢怠慢，跑进圣宫中，向公主殿下禀告去了。片刻，夷兵归返，请圣禽大元帅步入乾坤圣宫中，当前领路，直往宝华殿去。

只见沿途：

> 昔时灵禽争相鸣，奇葩斗艳芬芳醉。
> 恍然如梦坠苍凉，如遭腐蚀尽疮痍。
> 四顾难寻大匠作，粉石玉碎香草碾。
> 华仪穷盗填膺愤，圣威逢侵满目伤。
> 圣宫依旧悬九天，金梁玉柱道犹在。

灾劫骤袭势转仄，何当飞渡复繁华。

　　圣禽大元帅步入宝华殿，向高位者拜道："圣庭天兵天将总统领参拜公主殿下。"夷姬端坐天帝龙椅，笑曰："大元帅何须多礼？"又问："不知元帅此来何事？"圣禽大元帅遂答道："今天帝陛下重惩了神獒，依逆反罪判处，已执行了死刑。不知公主殿下何时退兵？"

　　夷姬一拍龙椅，欢呼一声："好！"赞曰："元帅行事干练，真乃成大事之人！"复问："可曾擒下那鸿鹄妖？"圣禽大元帅扯谎道："自然擒住。公主单管退兵，本帅定把妖王交予殿下。"

　　夷姬叹道："如此恐难以服众，元帅不妨先行交出妖王，妾好劝士兵归返。"

　　圣禽大元帅心叹：妖王既归入深莽，混入山怪中，又哪能灭杀得了？心下感叹之时，口中已道："还望殿下张扬威望，率手下归去。本帅必当交出妖王，全凭殿下处置。"夷姬叹曰："小妹全仗着士兵信赖，忝居统帅之职。吾率舰队浩浩而来，损耗弹药无数，不敢空手而回，恐受责罚。望大元帅多为小妹着虑。"

　　圣禽大元帅冷声便问："殿下此为何意？"夷姬笑道："此次出征皆起于神獒之挑衅，一路奔波，消耗甚巨。神獒既亡，元帅若交出鸿鹄妖王，赔偿耗费，妾身也好劝士兵归返。"圣禽大元帅犹豫道："赔偿之事，容本帅禀告天帝。"大元帅无脸面多待，遂向夷姬告辞，急向五重天去了。

　　圣禽大元帅一走，便有手下谏言："殿下！吾等强占了乾坤圣宫，天帝老儿焉能不怒？若不撤离，恐有倾覆之险！"夷姬笑道："上位仙神慑于雷霆之威，尽溜出了乾坤圣宫。吾等不妨多讹些宝贝奇珍！"又闻手下劝道："余闻圣庭之下，能者不尽。诸路王侯神通了得，各方仙神皆怀绝技。上至二十八方星宿，下有四极渊薮，皆听命于天帝，恐正准备攻伐手段。恳请殿下及早撤离，莫敢耽搁！"夷姬心不耐烦，斥道："本帅自有计议！"此女素来大胆冒险，生性敢闯好赌，抢掠四方，强力征服，野心难收，不甘安守求稳。

岂知十方深狱极下之万灵魔窟中间，魔尊高坐正义殿，正以冥晶球监察高穹宝华殿。魔尊怒气难抑，高声斥骂："好个宵小！侵夺圣宫，强占宝华殿，竟不肯归还！"

殿堂下便有武将呼喝："夷人贪婪成性，嚣张狂妄！依一器之利，敢逞威高宇，肆无忌惮；胁乾坤圣宫，竟轻侮满天大仙上神。若不重惩，其不知敬畏之情！"魔尊遂问："不知爱将有何应对之策？"

武将昂首答道："蛮夷愚顽不化，不悟天道奥义，不知敬畏之情！何不降下诅咒之力，折磨其身，噬咬其神，侵蚀其精气，使其惨痛，生死不能。方能叫它收敛骄躁禀性，除去傲慢脾气，谦卑臣服，向善皈依。"

魔尊沉吟："海外蛮夷之人，不求明慧通达之心，不修宁和静美之性，一心扩张，追逐外物之虚华，不知克制，无所顾忌！非严惩不足以醒悟其德，非重治不足以纠正其行！"又盼咐道："爱将之计策甚妙！尔等即刻布置，修筑法阵，调动极深暗隐之幽魔灵力，化作诅咒之光，遍洒夷敌之间，使其受罚，不敢放纵！"

当下便有文官笑道："得尊者相助，天帝老儿可又轻松了。"魔尊叹一口气，哀声道："可怜那神燊义勇盖世，竟蒙受冤屈，自戕身殒。"少顷，又命令道："尔等悉心搜罗其之残魂，汲收碎神识念，使其再孕于魔窟之中。"

堂下主事文臣立时应道："尊者放心！此等英豪自当与世长存，岂能任他消散逝去？"满堂便已笑了开来。亦有武将悄然退下，布置法阵去了，直欲安排妥当，好降罚诅咒之力，重惩夷人，使其非退兵不可。

只过半日，武将便欢喜来报："尊主！已作好部署，诅咒之刑随时可施下。"魔尊喝一声："好！"立时令曰："事不宜迟，尔等立时入阵！

勾动潜深至阴之伟力,叫蛮徒宵小长长见识。"

堂下众将立时呼喝,争相窜出正义殿,奔入法阵中,各主一方,凝神准备。待魔尊一声令下,法阵立时运转,化成"呼呼"黑漩。十方黑狱之魔灵阴死之气,皆吸纳而来,涌入魔窟中,经阵法虑过,化成恶咒毒光,传去高宇,照着乾坤圣宫洋洋抛洒而下。其穿越高墙,透过坚壁,无物可挡,直钻入夷兵身子中去,融入神魂中,挣脱不得。

且说夷姬强占圣宫,高坐宝华殿,一心切盼天帝再遣来和谈使者。其倚靠龙椅,闭目假寐,仔细盘算计议,蓦然一惊,霍地睁开眼来,急搬龟息之法,敛绝周身之精气波动。但见魔滴厄咒渗入宝华殿里,弥散虚空,已悄向夷姬笼罩而来。幸而此女定性不凡,危急下搬弄神术,屏气凝神,敛了精气波动,寂坐若枯。

魔滴厄咒原本追逐神魂而趋,果真受夷姬欺骗,"呼"一下子尽皆散开了去。

至于其他夷兵,则无此好运。魔光咒滴钻入巡航祖舰中去,无孔不入,融入夷人神魂中。夷人多不通仙法,暗受诅咒加身,为恶灵附体,竟毫无察觉。或有略通神术者,见魔咒来袭,慌忙间构筑能量护盾,妄想拦阻下魔灵咒光。其眼见亡灵之咒穿透能量护盾,钻入身躯中,终反抗不得。更有大恐惊慌者,撕碎衣裳,愤慨长号,挠破胸膛,浑欲把厄咒抓取出来。其中胆小软弱之辈,甫一为魔灵毒咒缠上,立时幻见狰狞凶鬼亡灵恶魔朝他扑咬,直骇得脸色惨白,瑟瑟直抖,说不出半句话来,已尿了一地,瘫倒下去。

亦有自尊勇敢者,为恶灵所吓,苦苦支撑,咬牙坚持,及至高点骤然崩溃,嘶吼摔砸,肆意破坏,已然发疯癫狂。至于其中精神坚强意志劲韧者,初时倒毫无所觉,一切自如,直待厄咒深侵与神魂全融。

夷姬依仗龟息之术避开毒咒侵害,当下不敢妄动,枯等小半日,直待毒魔厄咒全散尽,方收起功法。

夷姬心道：圣庭竟有此等手段，倒真是了不得！夷姬不敢耽搁，窜入巡航祖舰中，搬弄神通，替士兵暂压下诅咒之毒。其已决心撤退，一挥日不落攻伐之剑，令曰："待日后再来征服！"夷姬傲立指战室中，令舰队撤离，击碎虚空，横渡而去。

夷姬率巡航舰队隐入域外混沌之中，见诅咒之毒已压制不住，遂搬弄仙法，把士兵统统捆绑，使其不能作乱。夷姬分出道灵身，蹿出"殿下号"，疾驰而回，越过域外混沌，急向紫麒玄域而去。

夷姬甫一见着紫麒道人，立时扑入道人怀中，欢呼："妾身占取了乾坤圣宫，差点儿便毙了天帝性命！"又曰："妾身若推翻圣庭，定推举大哥为天下之王。"道人神色不动，轻推开夷姬灵身，恭敬问道："不知殿下此来何事？"夷姬幽怨着瞧一眼道人，叹息道："天帝老儿着实歹毒，趁本帅不备，降下诅咒魔毒，侵害了手下士兵。"

紫麒道人不由惊呼："竟有此等事情！"夷姬趁机便道："恳请大哥搭救士兵性命。"

说时，已释放出气势，睥睨着紫麒道人，竟欲又往道人怀里靠过来。道人心下一骇，赶忙应道："实乃小事一桩！贫道这便随殿下走上一遭。"夷姬欢呼一声，挟着道人便出了紫麒府。二者化一道流华，急速而去，冲破了远海，没入域外混沌中。寻着舰队所在，没入"殿下号"中去。灵身朝着道人娇笑一声，向前一扑，融合进主身中去。夷姬主身已迎了上来，急声道："士兵皆遭厄咒重伤，大哥快想法子！"

紫麒道人笑曰："殿下莫慌，且叫贫道看看。"夷姬遂领道人进了旁侧大舱。一干夷兵皆安顿于此，个个遭诅咒深侵，手脚为利索捆缚。然其身心之痛苦疲惫倒囚禁不住，其中凄凉悲惨之况不堪直视。或为幻象所惑，目中骇惧，神情扭曲，极力长号；或匍匐于地，痉挛不止，口水直流，奄奄一息；或早已吓破胆儿，满地打滚，呵呵傻笑。更见个痴呆之徒，一滚一蹬之下，竟直朝着夷姬胯下钻来。

夷姬怒骂一声，手掌一挥，便把那厮掀翻出去。又催促道："还望大哥即刻出手搭救。"紫麒道人轻声一笑，已自怀中掏出法宝，乃是只玉樽，金鳞贴壁，龙身为足，鼎立威正。中间鳞光闪烁，玉韵圣洁，隐隐有龙吟之声浩然回荡。更有醇美芬香飘逸出来，沁人神魂，如沐暖阳。夷姬脱口赞叹："好个灵宝！正气高冲，恰好克邪制厄！"

紫麒道人把玉樽一抛，便见琼浆洒落，甘露遍霖，浇进病体里，滋入神魂中。正洁气息随之弥散，祥圣光芒漫跃开去。夷兵见湿灵液，沐淋仙雨，浸泡祥光中，颜色立时缓和，见效甚快。阴魔之气自其神魂中逃逸出来，融解于圣华之中，诅咒厄毒亦缓缓消去。

少顷，不闻痛嘶骇叫，不见挣动翻滚，皆已安静下来，唯留点点呻吟。夷姬一挥袖袍，便见周下劲风四起，已断开利索，替手下松了捆缚。夷人始得自由，齐向紫麒道人感谢，谢其搭救恩情。夷姬蓦地灵光一动，生出条计策来，引道人往外走去，赞曰："大哥果真手段不凡。"

道人不由得意，答道："殿下过奖，全乃法器功劳。此玉樽为母窑新孕而出，高洁浩正，恰能克邪除魔。"

说话之时，道人已轻托玉樽，呈予夷姬。夷姬接过法宝，把玩得爱不释手。又见其中琼浆晶莹，张口一吸，已吞下一大口，不由迷醉，香气萦绕贝齿之间，复饮下一口，直欲飞升而去。遂收起玉樽，由衷赞叹："大哥之法宝真乃冠绝天下之品！"道人笑曰："全仰仗万物母窑之功！"夷姬顺势便道："妾身以巡航舰队易取万物母窑，大哥以为如何？"

紫麒道人大吃一惊，连忙摆手道："殿下说笑了！"

夷姬答道："而今天帝重伤羸弱，上神大仙腐化自营，以至于凡妖为乱，镇压不住。大哥原本心藏韬略，有领袖天地之大气概，若得巡航炮队相助，上可以逐鹿九天，强势崛起，下能够平定叛乱，震慑四方。况且手下士兵皆为大哥所救，情愿追随大哥。"道人连连摆手，推辞道："此事万万不可！若叫圣庭知晓，小道恐性命难保！"

夷姬打的是个好算盘，欲借道人之力降伏了圣庭，且能换得许多灵器法宝！其野心勃勃，哪能轻易放弃！索性豁了出去，把气势一涨，威压道长，厉喝一声："有何不可？大哥既得雷霆神炮相助，何惧天帝老儿！而今天下将乱，为苍生着虑，大哥自该担当重任，执牛耳而勇闯，新开一片天地！况且巡航舰队藏隐于域外混沌深处，平时隐伏不出，唯伺机而发，绝不叫天帝老儿先有觉察。"

紫麒道人为其气势所吓，意有所动，假装叹息道："万物母窑已沾染凡世气息，化为紫麒府，扎根玄域中，融合其间，不能转赠殿下。"夷姬笑曰："小妹哪敢夺大哥的宝贝？大哥单管指挥舰队，每及万物母窑孵出法器之时，遣人送来半数。如此，小妹好向族人交差。"

紫麒道人眼看着推托不去，辄生出豪情来，应下了夷姬。夷姬松一口气，欢呼一声，一把抱住道人，令曰："自此本主帅全听大哥调遣！"道人骇然一吓，赶忙挣脱开来，踉跄后退，向夷姬恭敬拜下。夷姬遂"扑哧"一笑，径直步出指战室，探察手下士兵去了。

且说那万灵魔窟之中，自有件宝贝，唤作"再生池"。这池子乃先天孕出的至宝，能收集残魂，积聚识念，使凡间怨念深刻者再生于此间。有个武者奉命守在此地，应魔尊之命，正施法召唤那黑燹的魂魄。也是那黑燹的命理，受尊者怜爱，竟要借此法宝叫那黑燹再生于魔窟之中。

第十四章 Chapter 14 二郎神丢卒保帅　弄巧成拙终入狱

紫麒道人迫于夷人威压，许下交易，以灵器法宝租赁巡航舰队。辄令舰队隐伏混沌中，独自归返紫麒府中去了。甫一入神府，便见童子急急来报："天帝召见师尊。"道人吃了一惊，急去正厅参拜上庭使者，惶恐中接过圣旨。使者把道人扶起来，与他好声交谈。盖夷人退走后，天帝已率上神大仙浩荡回归，夺回了乾坤圣宫，广约天下诸道，共议追剿攻伐之策。紫麒道人不敢推辞，与使者同往高天去了。

紫麒道人随使者一同迈入宝华殿中。各方仙神皆已会合此间，九天十地概无缺位。天帝高坐上位，开口道："吾以乾坤圣宫设陷，已叫夷兵暴露无遗！今广邀天下道友，共议追剿之事。"二郎真君立时出列请缨："陛下英明！诱敌冒进，使隐患大白于天地之中，叫暗敌现身朗朗乾坤之下！微臣请愿挂帅远征，追袭敌寇，荡平其之巢穴，使其倾覆！"

天帝老儿深惧雷霆神炮威势，早已吓破胆儿，哪敢真下令追敌，招来各路仙神做样子罢了。见二郎神如此心急，天帝心下暗恨，笑曰："真君莫急，今诸路道友皆为商议此事而来。"圣禽大元帅本为天帝玩宠，极善揣摩，心思敏锐，迎合谄媚之术，满朝概莫及之。其已出列谏曰："追剿夷敌之事大可暂缓，当务之急乃为构筑超级护阵，以防夷兵再袭。"

天帝大悦，令曰："此事即由鹰儿负责。"又道："那鸿鹄小妖，囚禁于瀚水暗底，承受寒水噬魂之苦，竟能脱逃出来！此中原因，千里眼、顺风耳二位将军彻查清楚。"

千里眼、顺风耳二者素来明察，心正而睿思，性温而淡泊，故而深得陛下信任。二者齐遵一声"喏"，声音浑圆饱满，中气十足。

二郎神无来由地一慌，赶忙出列请命道："臣愿协助二位将军，一同擒捉鸿鹄小妖。"天帝倒不睬他，令曰："雷公电母，汝二者打造神兵，舀取宇外雷池液滴。"雷公电母领命应下，私猜陛下欲借雷霆之力对抗外夷。

二郎神正欲再谏，天帝又已开口道："火神何在？命尔撒下金丝网，捕获火山深下之炎精，不得有误！"火神领命应下。天帝始看向二郎神。二郎神蓦地跪下来，认错道："鸿鹄妖逃狱之事不敢咎人，全是微臣之过。臣怠于监察，疏于防范，叫那小厮脱逃了去。臣愿擒来妖王，好将功赎罪！"

天帝心下不满，怨二郎神不知进退，放走了鸿鹄妖，又害死神獒。此时见他态度卑怜，遂答道："擒拿妖王之事，已交千里眼、顺风耳二位将军办。"二郎神复请求道："臣愿全力协助二位将军。"天帝不再搭理他。

退出了宝华殿，二郎神立时跑去与千里眼、顺风耳二将套近乎。那兄弟二人素来明察秋毫，性情耿直，深得陛下倚重，无所欲求。真君追上二人，笑曰："二位将军若不嫌弃，不妨到府上小叙片刻。"

二者直言拒绝道："吾兄弟二人奉陛下令命，彻查妖王逃狱之事。一切公事公办，不敢烦扰真君。"二郎神奈何不得，只得道："本君定配合二位将军，及早擒住鸿鹄妖，好查清真相。"千里眼、顺风耳二者又与他礼让几句，告辞去了。

二郎神心下急迫，搬个隐身法，穿越云霄，直奔下界。盖其尝受贿于神獒，私放了鸿鹄妖王以换得千亩福地。不想陛下竟欲彻查此事。二郎神懊悔不已，心下怨道：全不该与那桃妖纠缠，竟惹来此等隐患？思虑之时，二郎神已落入凡尘之中。便见四下桃花盛开，宁静优美，乃为桃族圣地。正是处自在地——绝壁对立寒潭深，瀑声隐隐水波晃。一片桃花飘落下，锦鱼逐香已来争。朵朵桃花开枝头，千娇万蕊美人靥。坠入香林蜂蝶飞，无尽春意此间留。

二郎神迈步桃林之中，神色冷峻，径直入内。桃族久隐此地，多已成精，见二郎真君陡然闯入，竟争相让开花枝，以示低卑惶恐之姿态。林中倒有些通灵狐兔，大眼扑闪，瞟望二郎真君，好奇不已。桃族圣女已匆匆飞扑出来，媚声讨好道："郎君此来有何求索？"话音未落，身子已倚入二郎神怀中来。

二郎神无心与她调情，揽住她的纤纤细腰，顺势紧紧一拥，低首便往香唇上亲下来。圣女娇笑着避开，嘤嘤一声，暗布下隔离结界，媚眼直勾着真君，已升起春情。二郎神深吸口气，心下已作了决定，叹息一声，屏气凝神，手上骤然使神通，结出张血网，朝着圣女罩落下。

圣女毫无防备，厉嘶一声，已被死死束缚住，遂猛烈挣扎开来，周身鲜血直流。少顷，方安静下来，好声求饶道："妾身知错了。郎君且收了这法宝。"二郎神不再理她，已搬袖里神通，把桃灵纳入袖中。

二郎神气势陡涨，周身锋芒大起，手上更已化出三月神戟。隔离结界"啵"一声破碎，融入虚空里。二郎神双腿一蹬，身子"嗖"地蹿出，弹向高空，分出数十虚身，四方八面全把桃族团团围困。头顶骤然转暗，乌云翻涌来聚，更见二郎神把三月神戟往高空一指，接引来周下灵华，汇成暴虐彩漩，全注入下方去。冲高一怒，气势齐天！二郎神挥动凶兵，顷刻已构筑个封困大阵，全罩住整个桃族。

桃族众精怪不明二郎神意图，只骇得不敢作声，全无防范之心。其素来超脱世外，和平不争，万万料不到灾祸横来，招惹来此等杀星。待其觉知身躯魂魄皆已为法阵束缚，不得挣脱之时，方猛然醒悟，咆哮怒吼开来，枝干簌簌直摇，落英纷纷坠下。

至于林中兔妖狐精之属，心思灵巧，已觉知危险，骇得四散奔跑，厉嘶悲鸣，妄图脱困而去。然二郎真君早已布下数十幻身，封锁住了四下。凭些小兔狐精又岂能溜逃了去？盖二郎神独掌天地律法，位高权重，素来无所顾忌，敢只手遮天。其心知千里眼、顺风耳二将定当秉公办理，彻查鸿鹄妖逃狱之真相。此罪非同小可，绝不敢叫千里眼、顺风耳二者查出实情！二郎神深恐桃族泄密，遂索性设下封困之阵，擒下桃灵，禁隔桃族，借法阵之力屏蔽一族之踪影，使千里眼、顺风耳二者搜寻不着。

待法阵一成，二郎神一挥袖袍，把圣女射入阵中，直朝着阵眼位置落去。圣女受法阵压迫,一声不吭,已化成本体,乃是棵万载蟠桃木,直坠而下,恰落在阵眼上。正好借其如玉灵体压住大阵,叫大阵长续不消。二郎神不再多瞧她一眼,驾着祥云飞去。一去数百里,二郎神忽有所思,寻个山谷跃下。

便见其挥手设一道隔离结界,释放出土地公、山神二者。此二者受擒于浩南府中,一直未及处置。而今二郎神受天帝冷落,不敢再生差池,直欲毙了土地公、山神二者,以绝后患。

那土地公甫从乾坤袖中滚落出来,立时磕头道:"真君战力盖世,德披九天,小神为奴为仆愿追随真君。恳请真君成全!"二郎神杀意顿减,心道:这老头儿倒会说话。真君已生出招纳之心,喝道:"汝等与獒奴结党,招惹外夷,欲谋叛反,罪该当诛!"

土地公大呼冤枉,连连乞饶。二郎神又道:"吾奉旨彻查鸿鹄妖逃狱一事,尔等可知内情?"土地公骇然一吓,叹息道:"鸿鹄妖脱逃之事,小神委实不知。"山神更是嚷嚷道:"俺与鸿鹄妖毫无干系!"二郎神猜测二人果然毫不知情,不由放下心来,心思一转,已有了处置办法。

二郎神驾着祥云直往南域中央而去,及至五色祖地上空,纵身一跃,径直跳下身去。祖地灵光氤氲,福运汇聚,霞光常吐露,瑞气每喷薄,流彩斑斓泛圣华,神泉潺流涌地乳。二郎神放出了土地公,令曰:"准汝戴罪立功,好生打点此地,不得有误!"土地公赶忙磕头,连连称是,千恩万谢,暗下庆幸不已,总算保住了老命。二郎神瞧他姿态本分,冷哼一声,已驾祥云而去。

西行五百里,见一彩霞山巅,二郎神方跃下祥云,一挥袖袍,把山神耍了出来,直滚了数丈远。便见绝巅之间,竟藏了座仙宫,自有阵法相守,林木掩护,叫高宇大仙上神监察不出。便见那仙宫:四下无人影,高巅仙境幽。依傍绝壁立,斜松做友邻。流云伴高脊,芝兰衬玉门。灵雾氤氲遮,七色琉芒传。一片金光闪,精雕飞龙柱。神泉粼粼流，彩葩簇簇斑。时闻欢啼音，瑞鸟慕此间。

二郎神睁开额头天眼，往门庭里一扫，不由冷哼一声，眼中射出道光柱，已拘出个小妖来，乃是个狼怪。那狼怪满面惊惧，已骇得浑身剧颤，声音结巴，乞饶道："小妖实不知此乃真君行宫。万万不敢滋扰！"二郎神冷哼一声，第三只眼蓦地大张，射出道凶光，窜入狼怪身躯中去，已击散了它的魂魄。复射出道烈焰，包裹了狼怪尸身，焚得干干净净。二郎神朝着山神招一招手。

山神乖乖走回来，垂首听命，不敢反抗。其素来爽直，竟说不出半句求饶的话来。便见二郎神化出三月神戟，接连挥动，勾动九天气势，接引高宇灵气，射向门庭外。顷刻间，已布下座困阵。那法阵磅礴而立，半隐半现，正好守着大门。

山神来不及说上半句话，已被拘禁住，抛入困阵中去。能量锁链宛若毒蛇舞动，死死咬住山神，叫他挣脱不得。二郎神呵斥："贼子！便在此间磨磨性子！"复交代道："好生看护此间，莫叫妖禽走兽窜入。"

嗟乎！山神、土地二者，位列仙班，受命于天，执政一方，竟受制于二郎神，替他守家护院，打点地产。盖其垄掌天刑律法，肆意为事，权势独大也！

二郎神封困了桃灵一族，处置完土地公、山神二者，心下轻松，驾着祥云冲高而起，正欲归返。陡见云霄中，千里眼、顺风耳二将正往南去。二郎神赶忙追上去，在后头喊道："二位将军往何处去？"那兄弟二人被二郎真君缠上，不好摆脱，无奈答道："吾二人仔细搜寻，悉心感应，终寻着一丝线索，初知鸿鹄妖下落。"

二郎神赶忙道："本君与二位将军同去。"那兄弟二人推托道："不敢劳烦真君。"

二郎神笑道："鸿鹄妖法力精深，二位将军不善搏斗，恐应付不过。本君正好无事，擒拿住他，好叫二位将军向陛下邀功请赏。"说时，已与二人并排而行。兄弟二人奈何不了，口上连连称好，暗下已生了提防之心。

三人钻入南荒林莽深处，便见周下重峦起伏，古木遮天，郁郁葱葱铺远去，虎啸猿啼不绝息。复行五十里，见一幽谷，其中梧桐森立，妖气汹涌，正为鸿鹄怪藏身所在。四下瀑布垂悬，激流拍石，水声嘈哗；半空浓雾密盖，瘴气翻涌，不能视物。

二郎神心道：此处水声喧嚣，瘴霭遮目，凭顺风耳、千里眼神通了得，怕难知此中景象。

顺风耳知他所虑，解释道："偶有小妖出入其间，自其口中得知妖王踪影。"二郎神仔细一看，果见隐隐有小妖往来于毒瘴之间，遂打消了疑虑，便道："下方声喧瘴浓，恐伤了两位将军耳目。两位将军不妨在上头稍歇，且叫本君先行打探一番。"说时，已穿破霭烟，抢先落下身去。千里眼、顺风耳二者慌忙追了下去。

二郎神融身浓霭中，远见鸿鹄妖栖息梧桐树上，心下一喜，悄然潜行，三月神戟化成道乌芒，已激射出去。鸿鹄妖正悠然酣睡，全无防范，眼看便要丢了性命。

恰此时，顺风耳、千里眼二将军正巧赶至，匆忙大呼："留下活口！"如此一喝，鸿鹄妖蓦地醒来，身子逆冲而上，堪堪避开凶戟，不敢逗留，直往高处去。二郎真君大叱一声，收了三月神戟，身子蹿了出去，化成只老鹰，长唳一声，冲破瘴气，迅疾若电，直追鸿鹄妖。

一前一后，二者已奔了近百里。二郎神气势愈盛，全无倦意，一心只求毙了妖王性命！鸿鹄心道：且叫本王想个法子，杀杀二郎神威风！这妖王倒也胆大，心思一转，已有了主意。便见鸿鹄妖身子一转，扶摇而上，击破长空，直上九重天。

九重天外，乾坤圣宫飘悬碧天之上，浮沉滚云之中。许多天兵正构筑超级守护阵，尚未成型。鸿鹄妖受二郎神千里追踪，一路翱翔，冲破九霄,直朝着乾坤圣宫飞去。也恰是南天门遭夷人轰毁,不曾修复。妖王弄个隐身法术,竟瞒过一干天兵,溜入乾坤圣宫中去。好个妖王,胆气过人,浑然无惧,欲到乾坤圣宫里大闹一场!二郎神已收起了老鹰幻体,脸都气绿了,心下大骂:混账妖贼,临死之际,还来相害本君!二郎神哪敢耽搁,化出三月神戟,跟着冲入宫殿中去。

妖王尝谋反灵乐山脉中,为圣庭擒拿,受审于宝华殿,故识得天宫分布。其避开宫中巡卫,数易方位,朝着宝华殿靠近过去。幸它融合了混沌母石,功法大进,气息敛放自如,与天道初合,方能避开巡查天兵。其化成一缕烟,飘入圣宫中,蛰卧金梁上。

宝华殿里侧书房,天帝正与圣禽大元帅密议。天帝问:"夷人近来有何动向?"圣禽大元帅恭敬回答:"高穹四极皆有天兵巡哨,未见夷人踪影。"天帝叹曰:"夷人全似天外之兵,瞬移而来,倏忽而去,寻不着半点踪迹。如何防得住?"

圣禽大元帅立时保证:"微臣定当竭力构筑守护大阵,不敢生丝毫差池。"天帝交代道:"近来内外要务须鹰儿多费些心。"圣禽大元帅"扑通"跪地,惶恐道:"微臣受宠若惊,绝不敢负陛下厚望。"

天帝叹曰:"此事全怨二郎神。陷寡人如此孤境!真要治一治他。"大元帅暗下揣摩天帝心思,不敢多说一句。天帝挥一挥手,叫圣禽大元帅先行退下。鸿鹄妖藏身金梁上,凝聚精神,不敢有丝毫松懈。

待圣禽大元帅已经远退,鸿鹄妖蓦地行动开来,身化利剑,破空而至,疾风呼啸,已刺向天帝胸膛。天帝怒叱一声,极力闪避,依旧慢了半拍,叫剑锋割开了右臂。妖王大喜过望,心道:天帝老儿竟已是重伤之躯,无怪乎不敢与夷敌决战!遂化出人形,妖气高涨,追着天帝便打。天帝识得它,骇然惊呼:"妖奴,胆敢闯来此地!"妖王喝一声:"怎的?"已搬神通,化出道道链条,直朝着天帝缠去。

天帝受无形分身陨落所害,重伤未愈,避让不过,竟让锁链捆缚住。妖王一惊，幻化出数个拳头，揍了天帝老儿一顿。倒不敢用力过猛，生怕出手重了，叫天帝老儿丢了性命。末了，抛下一句："二郎神所言不差，天帝老儿果然是重伤之躯。"声音甫落，鸿鹄妖已融入虚空里，化成道风，溜了出去。可怜那二郎真君，受了鸿鹄妖陷害，怕是难辞其咎了。

天帝已得了自在，挣脱束缚，急搬法术，整一整尊容，纵身一跃，落回宝座里。恰此时，二郎神四处搜寻妖王踪迹，闯进宝华殿中来。见天帝端坐高位，二郎神赶忙跪拜，恭声道："陛下万岁！"天帝怒斥："妖奴行刺不成，已重伤奔逃，二郎神且去把它擒来！"

二郎神不疑有它，领命而去。宫中守将已听得动静，皆护驾而来。圣禽大元帅亦去而复返。至于千里眼、顺风耳二者，一路紧追二郎神，一直进了乾坤圣宫，急向天帝禀告："鸿鹄妖受二郎神一路追袭，已潜入天宫中来！"天帝怒斥一声："果然是这逆贼捣鬼！"一干天将不明所以，不敢多言。

再说二郎神未能寻见妖王踪迹，遂归来向天帝复命。甫一进入宝华殿，便闻天帝叱令："把二郎神拿下！"二郎神不敢反抗，只好任由天兵擒住，封住了神通，押入天牢候审。复令："九天十地，追拿鸿鹄妖！"圣禽大元帅领命而去。

第十五章 Chapter 15 鸿鹄妖决心征服　巨灵神丧了性命

自天帝陛下颁下悬赏令以来，鸿鹄妖受诸路仙神围追堵截，时觉无路可去。翼翼潜行，而难避追踪，数番恶斗，几丢性命。然其性格坚韧，胸怀使命，心藏大志，每遇绝境有转机，山穷水尽见幽径。况且其尝承受寒刑磨砺，融合混沌母石，心思通灵，与大道初合，能先知危情，料敌先机。时常故布疑阵，把一干神仙耍得团团转。

如此月余，鸿鹄妖终于厌倦奔逃，遂下定决心，踏上征服之绝途，追求宏图，置之死地而敢拼。其分出道灵体，引追兵往北方去，真身悄溜进浩南府中，欲会合旧部，好跟天兵相抗。岂料浩南府遭天兵围攻，早已人去楼空。

唯见神獒之尸身化作石像，坠落后园中，独傲凄凄芳草中，姿态昂扬，威武不屈。其双目之间自有怒火欲喷，远看之下，全当它生机不息。凭它风吹雨淋，寒侵毒蚀，独自坚定傲立。这正是：

芳草随风人随浪，世事多难皆善伪。
千古忠贞常寂寞，此间寒气永不散！

鸿鹄妖有感神侯之忠义情怀，竟跪拜下去。又搬弄神通，构筑个避风亭，题词歌咏，好叫世人瞻仰。

正此时，便见只厉鬼自芳草间悄然飘了出来。一见着妖王，其立时欢呼一声，报告道："土地老儿正替二郎神种地哩！"鸿鹄妖果真来了兴趣，裹挟着厉鬼，直朝着五色祖地潜行而去。

五色祖地乃由上古五色土演化得来，为精灵奉作圣地，不料遭上神强占，现已为二郎神私有。其间芭蕉如剑萝叶翠，盆松攀云兰花香，绿萍绵绵草色青，人参初成玉芝小。鸿鹄妖落入这方灵土，心道：二郎神竟把一方圣地弄成了个苗圃基地了！

鸿鹄妖心有愤怨之气，怒叱一声，大发威势，右脚往地上狠狠一跺，震得大地猛地震动开来。

土地公正在深下休憩，遭逢突变，骇然惊醒开来，赶忙钻到地面上去，斥道："何方妖孽，敢来此捣乱？"鸿鹄妖骂一声"作死！"，幻出个巨大掌影，狠狠拍向土地公。土地公躲避不及，"哎哟"痛呼一声，已被远掀了出去。

土地公掸一掸身子，爬起来一看，望清了是鸿鹄妖，不敢叫板，赶忙跑过来参拜："大王！不知大王有何吩咐？"鸿鹄妖冷声道："汝执掌南疆沃野，替天垂守，理一域风水，治一方人情，胆敢漠视圣恩，流连花草之间！花草之料理，岂比众生万灵之滋养！"土地公神情委屈，忸怩难言，不敢顶撞鸿鹄妖，只好勉强称是。

妖王蓦然一喝："此乃渎职之罪，罪可问斩！"喝喊之时，声音阴冷如冰，杀意已起，气势森寒入若出鞘之锐锋。土地公骇然大惧，扑通跪地，赶忙磕头，老实交代道："小神全受二郎神差遣，实在身不由己！"鸿鹄妖飞起一脚，又把土地公踢飞出去。妖王大喝："二郎神欲谋叛反，已打入天牢！土地老儿岂是同谋？"土地公吓得哭出声来，委屈道："小神职低位卑，素来本分。怎可怜至此，寻不得半点安好！"

鸿鹄妖好声道："五色祖地本为人间圣土，竟遭二郎神强占，驱逐其间之草木精灵，而全不顾其之去处！老头儿久守此处，岂能无祸？"土地公嗫嚅着说不出话来。鸿鹄妖厉喝一声："老头儿可愿追随本王？"

土地公惧它势强，不敢拒绝，暗自无奈，只好拜道："小神唯大王马首是瞻！"妖王喝一声"好"，已裹着土地公驾上云朵远去。

云朵上，土地公讨好道："山神亦受囚禁，恳请大王出手相助。"鸿鹄妖遂问："那石头囚在何处？"土地公答曰："正给二郎神看门哩！"又解释道："西去五百里，有山名曰彩石山，乃由七彩石演化而成。二郎神私修行宫于彩山之巅，常无人住，害野妖飞禽窜占，遂拘住山神，叫他严把门外。"鸿鹄妖立时道："本王这便前去，把那石头解救出来！"

第十五章　鸿鹄妖决心征服　巨灵神丧了性命

说话之时，已转换方向，往西疾驰而去。

彩石山乃由女娲圣祖所遗之七彩石演化而来，圣洁祥和，灵秀绚烂。德披南荒，福滋众灵。彩华逸散泽千里，和风轻转吹四极。鸿鹄妖不由大赞："妙！真个是座宝山！"赞叹之时，妖王已领着土地公落下云朵。二者正欲前行，便见宝山外立有一漆黑石碑，碑上阴刻丹字，正是：仙神圣地，妖怪莫闯！鸿鹄妖怒斥一声，右掌一挥，"嘭"一声，已把黑石碑击得粉碎。

鸿鹄妖与土地公同往山上去，便见：雏燕啾啾哺灵华，幼狐张望和羞藏。彩禽共与霞光飞，灵兽高处闹紫气。翠兰绽靥更芬香，艳葩盛开直欲燃。灵泉潆绕流斑斓，满目皆是盎然意。

至于圣山之巅，彩云中间，自有仙殿隐藏，乃二郎神费力建成，当作行宫，时无人住，唯长猿空啼，玄鹤孤飞。二郎神怕小妖捣乱，拘来山神大人，以困阵相缚，夺其自由，逼他看守门庭。山神身高十丈，以石头为身，体格魁梧，上下不着片缕，倒有许多伤痕。其与门庭齐高，倚着身子，半寐半醒，全无一点精神，活脱脱正是个看门汉！

鸿鹄妖自远处瞧见，忽地便生出戏弄之情。妖王叫土地公藏好，搬运神通，叱一声："变！"便见灵华一闪，鸿鹄妖已变成只野狼，抖擞毛发，长号一声，逼真得很，叫上位仙神辨不出来。

那野狼一跃而疾奔，朝着仙门扑去。山神蓦地惊醒，见是只恶狼，不由怨声大斥："小妖怪！此乃女娲行宫，速速离去，莫丢了性命！"恶狼倒能讲话，开口大笑："看门的！怎不害臊！被二郎神囚在此地，还敢玷污女娲圣祖！"山神被揭了短儿，恼羞成怒，大吼一声，挥动着硬拳，朝着恶狼狠狠砸来。

恶狼大吃一惊，赶忙后退避闪，不敢叫重拳击中。"轰隆"一声，山神砸了个空，直惹得飞石四射。山神大叱一声："呔！"紧追不放，又向前朝恶狼扑去。正此时，四下陡起"哗啦啦"响声，隐形神链尽皆显现，流转五色光芒，猛地一拉，便叫那十丈大神栽倒在地。盖山神受神链束缚，不能超出尺寸范围。

山神瞪着恶狼而不能及之，大怨困阵之囚禁，怒吼一声，奋力挣扎，对抗起阵法来，欲把神链扭断，状若疯狂，咆哮不息，搅得法阵直颤。当中灵气暴虐，全化成罡风利刃，往山神身上"噼啪"击打。

土地公已显化出身子来，大笑道："石头发甚疯嘞！"恶狼亦收了幻象，现出了本体，正为鸿鹄妖王。山神见受了耍弄，心下大恼，已不再折腾，一屁股坐到地上，生起了闷气。

土地公好声道："石头力气倒大，发起脾气来山崩地裂，险些吓死老头儿！"山神冷哼一声，委屈道："二郎神作恶，把俺囚在此地，受尽了折辱。老头儿不肯搭救俺，倒还来戏弄。"土地老儿忍不住打趣："石头看守女娲行宫，岂不美哉！"山神受了奚落，便又生起了气，冷哼一声，发作不得。

妖王笑道："石头莫急，本王这便救汝脱困！"鸿鹄妖大叱一声，猛地拍着雪翅，激出道道赤焰，接连射入地下去。便见那困阵剧晃开来，当中五色灵华躁乱开来，把山神淹没了。能量链条漫空乱挥，一下下抽打山神，疼得这巨人嗷嗷直叫。

鸿鹄妖赶忙收起神通，不敢再用力。少顷，阵中灵气皆又安静下来，五彩链条隐而不见。土地公瞧出了门道，沉声说："此阵全以灵气构筑，五行相辅，无形无影，强力恐不好去破。"妖王笑道："小儿科罢了！"见妖王张口一吐，吐出个混沌母石，破进法阵中，溜溜直转！周围灵华皆受牵引，汇入灵石里。土地公不由拍手大赞："妙哉！釜底抽薪，吸尽此间灵气，法阵自然瓦解！"

正此时，圣庭天牢中，二郎神做了个梦，正梦见下方一处行宫遭妖王侵入。二郎神蓦然惊醒，心下大喜，竟不顾禁令，以秘术呼唤巨灵神。巨灵神值守南天门外，昏昏欲睡。陡然闻真君在心间传唤，巨灵神不由一吓，料不到二郎真君如此大胆，敢违背禁令，自天牢里传出神念。便闻真君交代道："南域彩石山之巅有座行宫，正遭妖王入侵。汝即刻下界，擒拿住妖王，好救本君出困。"

巨灵神素来听命于二郎真君，当下顾不得多思，匆忙应了下来。其撤弃职守，立时驾一朵祥云，满面凶恶，直朝南域扑去。这厮穿破云霄，往彩石山一望，便看见：彩山斑斓堆灵云，霞絮缤纷飞瑞芒。更见着山外迷雾竟化成曼妙女郎，个个招展身子，情意绵绵。巨灵神见着些幻雾美人，心下甚乐，得意一笑，已穿入雾气中，朝山巅落来。正所谓象由心生，盖此厮所思所念全是些色欲靡废！

山巅云雾之间，混沌石吸尽阵中灵华宝气，已被鸿鹄妖重吞进肚中去。困阵自然已瓦解，山神得了自由，欢笑着奔了出来，连声道谢。妖王令曰："此地不可久留，俺等这便离去。"山神、土地公二者遵它命令，正要追随而去。

岂料鸿鹄妖复笑道："还以为来的是哪路大神，原来是这个憨货！"盖鸿鹄妖辨出来者乃为巨灵神，遂放下心来。其心思一转，已有了计策。鸿鹄妖复令曰："汝二人好生潜藏，本王今日开开荤腥！"那二者有感上位天神接近，遂搬了遁地之术，皆隐没于山石中。待巨灵神穿破云雾，一落入山巅上，鸿鹄妖便已骂道："恶厮，可还记得本王？"巨灵神不由怒目相加，厉喝："妖贼，还不束手就擒！"鸿鹄妖笑曰："手下败将，今儿莫再奔逃。"

巨灵神大叱一声，身躯巨涨，有二十来丈高，大脚丫直朝着鸿鹄妖踢来。妖王喝一声："好！"掌间神通纵横，周身烈焰激荡，直迎击了上去。真是一场好战：神通交锋，体格硬撼。生死相斗不敢让，凤怨广积战意浓。上神势高力强，大开大合，招式自有俯掌意；妖王术法精妙，自信自强，手段变化多玄诡。巨灵神骄狂，身庞体大，抡踢格斗力量大；鸿鹄妖心坚，气盛志勇，英猛无惧敢直抗。漫天腿臂影，四下火焰涌。二者战了个难解难分，鸿鹄妖一时擒不下巨灵神。

巨灵神斗上了瘾，喝曰："擒住你个妖贼，好救出二郎真君来！"鸿鹄妖纵身跃起，挥出道烈焰，直照着巨灵神脸门袭去。其朗声大笑道："原来是二郎神手下奴才！倒是孝顺！急着送死来了！"又厉喝："尔同二郎神狼狈为奸，祸害苍生，绝不能饶！"暗中山神闻此喝音，骤然生出勇气来，大叱一声，跳将出来，拳头上积聚力量，猛地朝巨灵神击去。

巨灵神未能先察，躲避不及，重重吃了一拳，疼得惨呼一声。其又惊又怒，踉跄后退，朝山神大骂："贼子！造反不成？"

山神贴上前去，与上位天神近身相斗，怒斥："恶厮！拿命来！"巨灵神恨其犯上作乱，飞起一脚，直欲把山神掀翻出去。岂料山神敏捷，身子一缩，化成了石头，就地一滚，便避开攻击，又踢出一脚，直取天神脚踝。二者遂大战开来。

土地公已钻出地下，与妖王一同在旁观战。妖王一把抓住土地公，喝道："老头儿还不去助战？"喝喊之时，鸿鹄妖用力一甩，已把土地公抛进战圈中去。土地公连声高呼："小神斗不过！"巨灵神眼见又飞来个土地公，大吃一惊，怒骂声："逆贼！"抽个拳头挥上去，直欲重创土地公。

情急下，土地公化出个金土盾壁，挡住了此击。巨灵神竟舍下凶石，单朝土地公扑来，欲先解决弱的。土地公甫一沾地，便弄个土遁术，欲溜出战圈去，不敢卷入其中。然其慢了半拍，叫巨灵神一拳击中，痛呼一声，掀飞了出去。土地公顿时怒起，一吹胡子，搬弄神通，周身覆盖土色重铠，"砰砰"迈着大步，加入战团中去。

这一战激烈异常，斗得土石纷飞，断木激射，以至天旋地转，方向不辨。鸿鹄妖王见土地公、山神二者久战不下，不敢再拖，悄然接近过去，猝然出击，双掌拍向巨灵神背后。巨灵神一时不察，叫妖王偷袭得手，后背承了一击，只觉一股赤流侵入身躯中，灼得骸骨大痛，髓窍难忍。巨灵神骇然不已，眼看已陷入围攻中，不由起了开溜之心。鸿鹄妖笑道："巨灵小儿！想溜得趁早，莫枉丢了性命！"

巨灵神大怒，张口一哈，射出杆大威冰寒枪，直照着妖王射去。此枪乃以其本命元神孕养，内刻阵法，能借来高天之势，威不可撼。妖王险险避开凶器，喝令："天兵天将恐来增援！抓紧毙了此贼性命。"巨灵神正拿不定主意，听了妖王呼喝，遂打消了溜逃念头，决定纠缠住叛贼，以待援兵。

妖王见巨灵神上当，心下暗喜，手上攻击愈猛，悄然布下困阵。便闻其喝一声："收！"虚空中灵华莹莹，骤然落下张巨网，全罩住巨灵神，叫其挣脱不得。又猛踢出一脚，把巨灵神掀翻在地。山神趁机发威，一把扭断巨灵神脖子，"嘭"一声，拔下他的头颅。

可怜巨灵天神，来不及闭上眼睛，便已丢了性命。这正是：

上神常得众生捧，酣睡云端多自在。
不知凡尘有凶险，功夫不高丢性命！

土地公眼看巨灵神已丢了性命，阻拦不及，不由抱怨道："石头下手何急！怎敢击杀了上位天神？"

山神倒不以为意，摘下巨灵神头颅，往土地公身边一丢，笑道："老头子飨食天神脑浆，乃补阳大药。"土地公气得跺一跺脚，不再搭理他。

妖王喝道："此恶厮与二郎神苟且，恣意妄为，众生皆可诛之！好替圣庭除害！"土地公不敢反驳。妖王便道："俺等即刻退走，莫待天兵来援。"说时脚下已升起片云朵，搬弄隐身之术，载着土地公、山神二者急速而去。

前脚刚走，千里眼、顺风耳已领着天兵赶来。四下搜寻一番，未能寻着妖王踪影，二位将军大呼遗憾。

遂捡起大威寒冰枪，收起巨灵神尸体，急归圣庭报丧去了。天帝得了消息，不由叹道："竟叫逆贼成了气候！"又问："土地公、山神二者，怎与妖贼混到一块儿？"千里眼、顺风耳二将亦说不出个所以然来。

第十六章 Chapter 16 反贼气焰正嚣张　陛下梦里思黑蘷

鸿鹄妖率土地公、山神二将围杀了巨灵天神，横去数百里，避开了天兵追踪。云朵上，妖王叹曰："今之圣庭，携九天浩威行垄控之事，假神圣强势奴众生之力。世人多受其愚，不能开悟明德。"又道："吾尝栖身古刹中，常闻众生祷告，心知平凡之苦。已立下宏愿，愿普世大同，使众生求道通理，再复古时辉煌。"

山神嚷道："俺全追随大王！"土地公亦表态道："唯大王马首是瞻！"妖王沉吟道："为今之计，还是先寻个落脚地儿。老头子可有建议？"

土地公答道："此去数百里，有桃树一族隐居世外，受二郎神封困，皆怀怨恨之心。"

妖王心下了然，笑道："差点儿忘了老头儿养了个桃花美姬。今儿便去见识见识。"土地公料不到妖王竟晓得此等私事，尴尬一笑，辩解道："正所谓'食色性也'。"其为情色所迷，竟不知桃灵与二郎神早有通奸之实。

三者直往桃花圣地去。一去七百里，见片山峦，当中险峰群立，绝岭绵延。中央有峭壁对立，守护深下幽谷，隔掩一处净土。自高巅坠下，穿破迷雾，视野豁然大开，惊见内里洞天，宁美秀好，气象一新。

> 白云舒卷挂飞瀑，大溅深渊三千丈。
> 桃花万簇挤寒潭，浮粉共与白云映。

妖王脱口赞一声"妙"，已率土地公、山神二者踏进桃林中。正此时，景象陡变，疾风乍起，斑斓链条尽展而现，编成巨网，捆缚株株桃木，囚禁一族。山神脱口惊呼："此巨阵全以灵气构筑，怕不好破除！"妖王冷笑道："二郎神真是好本事。"其周身已散出混沌光芒，包裹住土地公、山神二者，畅行而入，深进法阵中去。但见：神链条条紧捆缚，躯干受锢灵魂咆。漫地皆是缤纷泪，天网浩浩不得挣。

妖王四下搜罗，见桃族圣女竟化为本体，囚封于阵眼中，以其身躯镇压困阵。那桃木极妍盛开，浓妆艳抹，浪漫纷展，反衬其灵体之纤弱，瘦小嶙峋，见者生怜。且其纤体受神链紧勒，灵魂咆哮不自由，怨念深抑凝不散。土地公已落下泪来，哀呼："美人儿大苦矣！"圣女受其感染，木体簌簌一摇，落英纷纷而下。

虚空里隐约现出个面庞，五官匀正，娇柔美好，正为桃族圣女。圣女急声传音："恳请老爷子救妾身脱困。"土地公抹掉眼泪，赶忙安慰她："美人莫急。本神正为救美人儿来。"妖王打趣道："老头儿倒会哄骗。"圣女感妖王并非神人仙体，乃为凡怪之身，不由生了轻慢之心。圣女顶撞它："不知阁下是哪路大神？"

土地公心下一惊，赶忙喝止："莫得放肆，还不拜见大王！"圣女陡觉委屈，一时静默下去。

妖王笑曰："本王乃'救美大神'也。"笑时，便已搬弄神通，双掌间光芒大涨，化出一柄混沌刀。妖王纵身跃起，舞动混沌刀，便去劈砍能量锁链。其身形迅疾，一步换位，单见漫天幻影，"咔嚓"之声不绝于耳。土地公、山神二者帮忙不上，唯小心护法。

闻妖王大叱一声："开！"近前能量骤然紊乱，阵眼"轰"一声爆破开来。整座困阵訇然瓦解，无羁之能量化成利芒锐刃，四下激荡开去。土地公、山神二者大呼一声，急搬御抗之术，严护己身，不受能华侵害。少顷，见妖王自灵暴中跌落出来，面色苍白，往地上一坐，兀自闭目疗伤。至于桃族圣女，反而受一道混沌光幕包裹，飘身而出，落到地上，全然无恙。

待周下安定，桃灵自护体光幕间迈步出来，扑进土地公怀中去，恨声道："此仇非报不可！要叫二郎神受尽折磨而死！"土地公领她到妖王面前去。

妖王初见桃族圣女，不由一惊，暗下大赞。正是：

少女比之缺明慧，月神相较恨岁老。

端庄疑传圣母韵，灵秀更胜仙谪凡。

  桃灵向妖王迤迤行礼，谢曰："大王舍命相救，妾身感激不尽。不知大王伤势如何？"妖王笑曰："今法阵已解，圣女且去照看族人。"桃灵复行大谢之礼。

  桃族精灵诸怪受困于法阵之间，受链锁封禁，噩噩度时，苦苦挨日，今朝终于摆脱出来，豁然得自在之意，精气大开。一时举族欢腾，大加庆贺。采野味，集甘露，摘鲜果，备香醇；捣茯苓，煨黄姜，蒸白米，煮绿夹；摆宴席，办盛会，行酒令，醉芳樽；闹竞比，赛术法，耍飞剑，舞美姿。草莓溜溜出深浴，石榴半剖琥珀珠。醇酒芬香已半醉，醉中更现舞姿美。

  待到酒醉意迷之时，便有个桃精哭诉开来："吾等遭侵受苦又能何妨，哪堪圣女折辱，蒙受委屈。哀哉痛矣！"鸿鹄妖抓住时机，正好假借醉意，一下子跳将出来，大呼道："圣女大人高雅洁柔，飘行兮若月神凌波，静立兮如母祖倾世。二郎神冒天下之大不韪，竟敢亵渎，叫圣女蒙尘受辱，绝不可轻饶！"

  圣女心有积怨，立时应和道："绝不能轻饶了二郎神！"妖王又呼喝道："圣庭集权，为仙为神者，时假体制之威，借职责便利，恣意为事，争相经营。至于二郎神者，蔑视天法律条，欺凌众生，无所顾忌。本王自宇外飞降，承天命，秉道意，将推翻圣庭，建四海自由九天共等之全新天地！届时，众生能够通慧自在，凡怪皆可明道潇洒。"桃灵受它气概感染，立时呼喝："愿追随大王，剿灭二郎神！"

  桃族上下一心，皆听从桃灵号令，愿追随鸿鹄妖，逆伐圣庭，讨伐二郎神。遂大兴土木，命土地公搬造垒术修屋建池，令山神构筑营防坚壁。一干桃族精怪皆从旁相助，不日便已初具规模。一片世外净土已化为风起云涌处。鸿鹄妖复搬大神通，构下防护之阵，且以幻象覆盖领地，自成一界，曰"太平域"。幻象之中，寿鹿踏云梯，鲤鱼跃龙门，日月同升共辉映，潜蛟出渊飞九天。

鸿鹄妖自封"道王"，坐镇指挥，训练桃族精灵，治神兵，储战备，习阵法，有条不紊。遣出厉鬼幽影，叫其网罗旧部叛寇，集结太平域中来。又派出土地、山神二者，亲力游说南荒各路妖族，叫其共反圣庭。南疆广博，当中重山连绵，毒瘴弥漫，寒潭密布，多藏精灵鬼怪，深隐水兽贝螺。其常受仙神欺凌，为奴为役，心怀孤愤。狼豺虎豹熊者，坐凶猛勇斗之性，受天兵天将钟爱，争相收服，当作玩宠。白象、麋鹿、天马、神牛者，以其敦厚风姿，憨实神采，慈善心性，为高宇仙神追求，当作坐骑，圈养私宅中。

九尾灵狐姊妹数十，常遭巨灵神囚于万亩竹林间，按时取灵血而饮，以滋其身。彩石山巅二郎神行宫中，有一方灵池，当中禁锢五千年龙鱼精，深潜之际可见瑞霞缭绕，一跃而起能闻清亮长吟。土地公、山神二者，躬身游说各族，解救九尾灵狐，释放龙鱼精，使各族皆来依附。

天山脚下卧一方碧湖，湖中孕生个蚌精，性情柔和，至美纯良，一心修道。其昔时得二郎神授法解惑，与其生情，交媾共修，哪料日久渐疏，竟遭遗弃。蚌精奈何不得高位上神，唯默然不申，自封于湖底幽暗中，专心悟法，闭关苦练。

桃灵与之共情，遂潜入碧湖深下，哭诉道："妹妹何不同去，与姐姐共反圣庭。"蚌精心有所动，遂破关而出，与桃灵归来参拜道王。

各路妖族皆率子孙来归，数月之间，竟集合妖兵三万，小将两千，号称十万大军，归鸿鹄道王统御。提拔六大战王、六大神王。狼、豺、虎、豹、熊及九尾灵狐为六战王；白象、麋鹿、天马、神牛、蚌精、龙鱼为六神王。

十二主将率妖兵四处讨伐，攻克仙庙，崩塌古刹，势如破竹，无

第十六章　反贼气焰正嚣张　陛下梦里思黑燚

往而不克。发兵之时,浩浩而动,旌旗招展;急行之际,森森远侵,气势慑人。"太平"暴乱,遂成气候。此乱发于鸿鹄妖,巧借大同愿景,四处煽风,积极招兵,若同星火燎原,初时盈盈明灭,转瞬已是汹涌之势,一发不可收拾。

天帝震怒,招诸路仙神急议对策。上起二十八星宿,下至十方冥狱之殿主,尽来集合。宝华殿上,天帝陛下开口抱怨:"竟叫鸿鹄小妖折腾出如此动静?"圣禽大元帅骇然一吓,深恐天帝惩罚,赶忙出列上奏,弹劾道:"千里眼、顺风耳二将军监察不力,不可轻饶。"平白遭了大元帅谴责,顺风耳暗骂一声,惶恐道:"不知怎的,反贼一下子蹿出来,瞬时已成浩荡声势,实在不好遏止。"

千里眼亦附和:"下界妖影重重,凶怪绰绰,小神能洞察千里,然难辨反叛之心。委实看管不住。"天帝知其品行忠良,倒不为难二者。圣禽大元帅复慷慨陈词:"贼寇乌合,岂犯圣庭尊威!本帅愿将二十万天兵,剿灭贼寇,剐了鸿鹄妖,好震慑天下。"天帝赞曰:"鹰儿忠心可嘉!"遂令圣禽大元帅率二十万天兵平扫而下。

圣禽大元帅率天兵天将穿破云阙,驾重云,御疾风,浩浩荡荡直往南荒杀来,驻扎灵乐山脉中。探哨儿厉鬼急向鸿鹄道王禀报曰:"上庭遣个大元帅,寻死来了!"鸿鹄妖大笑道:"既欲求死,本大王便成全了他!令十二主将准备天干锁神阵,莫辜负了天帝心意。"厉鬼欢呼一声,向十二主将传令去了。盖天干锁神阵与混沌母石共伴而生,为鸿鹄妖所得。此阵源出上古,乃女娲圣祖所创,由十二大妖按星座布位,设下困阵,与地气相接,专锁神封仙,威力甚大。此阵本已失传于治世,今时局将乱之际,倒又惊现!

十二主将皆知圣禽大元帅乃上庭重臣,心下激动,不由叫嚷开来。其悄潜进灵乐山脉中,暗布下天干锁神阵,以待圣禽大元帅落入圈套。鸿鹄道王复令土地公、山神二者,各率一万妖兵,集结于天兵两翼。令桃灵领一万妖兵，自后方接近。趁天兵立足未稳之际，鸿鹄道王一声令下，土地公、山神、桃灵共同出击。妖兵悍勇，敢闯无惧，势若洪流，滔滔而发，直向天兵阵营冲击过去。其多化归猛兽，尝厮杀草莽中，惯好搏斗，善于血拼，一时万兽咆哮，音波震天，直摄心魂。天兵天将指挥不及，只好仓忙应战。

圣禽大元帅见反贼竟敢举兵来攻，当下不惊反喜，大喝一声，身子一展，化出苍鹰本体，长啸一声，尖喙已凿穿了个桃精脑袋。正此时，一道真火骤然落下，已包裹住了苍鹰。更见只雪色鸿鹄，振动双翅，直朝着苍鹰扑来。

宝华一闪，苍鹰扑灭了身上燃火，唳叫一声，昂然向上，便与鸿鹄激斗开来。战至五十回合，鸿鹄假意不敌，右翅为苍鹰利爪抓伤。鸿鹄勉力支撑，逃入灵乐山脉深处去。苍鹰长啸一声，匆忙追了下去。桃灵、土地公、山神三者见苍鹰大元帅已然中计，不敢恋战，率三万妖怪匆忙逃走。天兵未得元帅下令，不敢追击。

且说鸿鹄妖当前急奔，左逃右窜，引着大元帅往寒瘴里钻。数转急弯，几跨险峰，已把天兵大军甩在身后。斗了半个时辰，骤然现一处绝谷，鸿鹄身子一降，直落了下去。谷中正有十二妖王蛰卧，摆好了天干锁神阵，静待圣禽大元帅入瓮。苍鹰穷追鸿鹄，全无防范之心，就要落进绝谷中去。

正此时，雷公驭紫电而行，已追了上来，急禀："妖敌不战自退！大元帅莫中了贼寇奸计。"大元帅令曰："鸿鹄妖重伤奔逃，雷公且与本帅共剿之。"

雷公遵一声"喏"，身化闪电，抢先而行，落入绝谷中去。苍鹰正要追下，陡然见深下冲起十二道光柱，击破高穹，直与星宇相接。大元帅骇然胆惧，唳叫一声，猛地拍打翅膀，化作一道流华，仓皇奔逃。

十二主将使神通擒下了雷公，收起天干锁神阵，与道王一同归回

第十六章　反贼气焰正嚣张　陛下梦里思黑獒 | 145

太平界中去。道王往高位一坐，一甩手，把雷公从袖中丢出来，滚到堂下。雷公跌落在地，浑身哆嗦，双唇嗫嚅，说不出话来。九尾狐化出条尾巴，往雷公面庞上一扫，嗅一嗅琼鼻，赞曰："不知天神滋味如何？"豺虎豹者目不能移，"咕隆"之吞咽声响起，涎津滴落而下。

熊王更是猛地一扑，化出本体，咆哮一声，张开血盆巨口，便要活吞了雷公。雷公手脚受缚，挣脱不得，惨呼一声，已吓晕了过去。熊怪复化归人形，哈哈大笑。鸿鹄道王令曰："洗净了分而饱之。叫大伙儿尝尝上位天神滋味。"满堂大怪遂欢呼开来。便有小妖上前，把雷公拖了下去。

山神已嚷嚷开来："下次擒住天兵总统领圣禽大元帅，正好烤只老鹰吃！"道王叹曰："小喽啰捣乱，叫大鱼溜了去。"土地公亦感叹："那凶鹰素来机警，下回怕不好骗他。"桃灵神色一动，蓦地提议："大阵威力绝伦。大王何不弄计把二郎神擒住？"

土地公附和："二郎神自大骄狂，轻慢恃强。若设下个圈套，倒不怕白费了力气。"山神亦嚷道："早些拿下那厮，正好泄愤。"

道王果然来了兴致，沉吟一阵，笑曰："便用个反间计，哄一哄天帝老儿。"遂安排了下去。

且说圣禽大元帅中了引诱，险些丢了性命，仓皇而奔，一路溜进天兵大军里去。便见左右擒上来只厉鬼，禀告："大元帅！擒住了只奸细。"大元帅心下正恼，恶狠狠下令："火焚极刑，叫它神魂俱灭。"左右喝一声"好"，便要把厉鬼拖下去。厉鬼摇曳着身姿，传出道精神波动，呼曰："俺全招了，元帅饶命！"大元帅全不搭理它，一挥手，喝令："焚了！"厉鬼惶恐大呼："二郎神与道王勾结，欲谋害天帝老儿！"

大元帅骇然一惊，果真来了兴致，凶狠喝问："据实禀来。"厉鬼委屈道："余残体孤身，飘零日久，艰苦维持。乞求大元帅可怜，饶恕一命。"大元帅斥曰："从实招来，饶汝不死！"厉鬼欢呼一声，摆脱天兵擎制，飘到大元帅近前，讨好道："鸿鹄道王尝囚困于瀚水深下，受寒刑祭祀之苦，为二郎神私救，脱逃而出。其二者定下契约，欲里应外合，谋害天帝。"圣禽大元帅果然信以为真，勃然大怒，咒骂："二郎神不得好死！"

圣禽大元帅不敢耽搁，把厉鬼收入袖中去，直冲九重天，步入乾坤圣宫，恭声相禀："二郎神勾结反贼，图谋造反。"天帝笑曰："凭二郎神岂敢谋反！"圣禽大元帅暗下抖一抖袖子，叫厉鬼出来作证。厉鬼遂化为道黑烟，飘出大元帅袖子，显在大殿上，正欲上奏，忽为天帝气势所骇，身影摇晃，剧颤将死，神念断断续续，竟传不出半句话来。

大元帅赶忙请罪道："草莽野鬼，不知陛下圣威。"天帝双手一拂，释了厉鬼周身威压，轻笑道："小鬼禀来无妨。"

厉鬼不敢放肆，跪拜下去，恭声道："陛下慈恩，永恒不朽。"又道："鸿鹄妖尝受极寒苦刑，由二郎神亲设法阵看护，日夜监察。而今妖王脱禁而出，恣意妄为，岂非二郎神暗下相助！"天帝心有所动，端坐高位，并不答话，大殿一时寂静下来。大元帅疾声相劝："二郎神野心昭昭，天下皆知。其主掌天刑律法，而作奸犯科，监守自盗，欺瞒上听！"天帝一拍皇座，愤然令曰："带二郎神上殿！"厉鬼赶忙化成道暗影，悄躲进大元帅袖子中去。

二郎神身披枷锁，脚戴镣链，然身姿威武，神态高傲，毫无屈服之意。其甫一步入宝华殿，立时大呼："陛下！本君愿立下军令状，擒杀鸿鹄妖，平定叛反！"当真是此地无银三百两！天帝认定了二郎神与鸿鹄妖已有勾结，怒极反笑，喝一声："好！"遂喝道："真君便立下盟誓，若不能擒杀鸿鹄妖，将受大道之罚，身死道消，坠无间地狱，永世不得超生！"

二郎神倒也果勇，立时起誓："臣乞戴罪立功，诚以天地为证，立下毒誓，若不能斩杀鸿鹄妖首，甘心永封地狱，不得轮回。"圣禽大元帅怕二郎神使诈，赶忙谏曰："末将愿协助二郎真君，共平定叛乱。"天帝自然应允。

大元帅紧随着二郎真君，出了乾坤圣宫，杀向南域去。厉鬼寻个机会，悄溜出大元帅袖子，欢呼雀跃，御风而舞，随浪而卷，向鸿鹄妖邀功去了。

宝华殿上，天帝叹息一声，往神椅上一坐，分外疲惫，一会儿便睡熟了。睡梦里，赫然有雷火之球破袭而来，轰向天帝老儿。天帝大惊，已躲避不及。

正此时，一只黑獒陡然蹿起，硬生生替天帝挡下了这一击。天帝老儿陡然睁开双目，这才惊醒，原来只是一场虚梦！

天帝不由仰声长叹：假若神獒复活归来，哪容此些贼子作乱！

第十七章 Chapter 17 二郎神贪功冒进　陷入法阵身陨落

鸿鹄妖得厉鬼回禀，已作了部署，设下埋伏，静待二郎神入圈套。借重山掩映，贼怪列阵排兵，紧运战备，急修工事，个个摩拳霍霍，斗志昂扬。擅长土行者，潜游深底，多设陷阱；熟谙阵道者，搬弄术法，布阵御敌。十二妖王亦已埋伏云层深处，摆下了锁神绝杀之阵。

上庭这边，二郎神同圣禽大元帅已会合了二十万天兵天将。二郎神新出大狱，急于立大功，得大胜，好雪耻辱，重树威望。云层大营中，二郎神坐立难安，催问："贼子何在？可探查清楚！叫本君前去斩了寇首。"大元帅好意提醒："贼子狡诈，真君万不可急躁。"二郎神自负道："小道尔，不足为虑。"大元帅只好恭维他："真君气概擎天，手段绝古冠今，小小妖王，何足惧哉！"二郎神闻之默然。

正此时，有探兵欢喜来报："东南一千里险山，藏一片桃花密隐地，正为贼兵藏身所在！"二郎神断喝一声，纵身跃起，驾一朵祥云，已抢先冲出。其受鸿鹄妖所害，乃为戴罪之身，心有哀愤，欲表忠心于天帝，竟不用二十万天兵天将，独闯入反军中去。他素来孤傲，勇猛绝世，方敢如此行事。大元帅赶忙集合二十万天兵天将，浩浩出发，生怕叫二郎神抢了全功。

鸿鹄妖早已守候山门外，望见二郎神杀来，笑曰："真君紧赶着投胎来了。"二郎神求战心切，怒斥一声，化出三月神戟，激生百丈神芒，照着鸿鹄妖砸下。道王不敢硬撼，仓皇远避，出言激将他："真君神通了得，正好与本王联合，一同推翻圣庭，击杀了天帝。"二郎神本有反叛之心，此时闻鸿鹄妖道破天机，恼羞成怒，竟使出大法术，一下子化出六大分身来，把鸿鹄妖团团围困。

六大分身交替而动，环环紧迫，攻势紧猛不放，招式层出不穷，刚柔并济，或凶狠凌厉，或软和至阴，正把鸿鹄妖套在当中。正是：天神多面势自强，或善或笑或慈悲。亦有奸诈恶魔影，神色狰狞骇欲绝。鸿鹄妖生长于草莽之间，性情率简，哪见过如此神通，苦苦支撑而不好脱身。久拖下去，鸿鹄妖定要力竭而亡。其已生出胆惧之心，然周下绵柔之力重重封困，各路招式密集来袭。道王疲于应对，诚不能摆脱。好在其心性过人，志向远大，昂扬果勇，不为外物所制，敢舍一时之得失。

便见它蓦地发力，大叱一声，双翅劲拍，烈焰高涨，席卷四面八方，身子一冲，硬接下四面攻击，恁是突出重围，"哇"一声吐了一口鲜血。其不敢再战，化出本体，长唳一声，仓皇奔逃，冲高而飞，引二郎神往云层深处去。二郎神生怕妖王溜脱，收了六大分身，驾着祥云，急急跟下去。

道王早已布下天干锁神阵，令十二妖王融入高空，随风而律，蛰伏悄藏。桃灵、土地公、山神三者，藏身法阵外，伺机而动。二郎神全无丝毫防备，眼看将落进锁神阵中。桃灵与二郎神尝有旧情，爱恨深纠，情缘未断，慌乱之下，竟跳了出来，要向二郎神示警。桃灵大骂一声"奸贼受死"，化出个掌影，拍向二郎神。

二郎神陡然警醒，停身陷阵外，朗声大笑："美人别来无恙！"大笑之时，三月神戟脱手飞去，化成银龙，猛地一冲，卷住了桃灵，便带了回来。二郎神伸手一抱，把桃灵揽在怀里，低下头去，便要吻住桃灵的唇。桃灵恼恨此子无情，蓦地使个瞬移神通，溜了出去，隐入云层不见。

鸿鹄妖立身远处，全瞧在眼里，恼怨桃灵不顾大局，打草惊蛇，要坏了大事！再说那二郎神心思通灵，已预知危机，唯军令在身，背负重誓，非擒下鸿鹄妖不可，不敢轻易退走。鸿鹄妖化成人身，激将他："真君神勇绝世，倒也胆怯得很，徒有虚名罢了！"鸿鹄妖自顾远飞而去。二郎神果真受激，向前驰行，跳进了天干锁神阵中。其自恃武艺高强，冒险急进，唯怕鸿鹄妖溜了，不好向天帝交差。桃灵拦阻不及。

十二大妖赶忙开启锁神阵，跳身出来，各占一位，正把二郎神封困当中。法阵一经运转，大地之澎湃灵力源源上涌，倒灌虚空，输入法阵中。能量斧罩扣落下来，与苍穹隔绝。当中灵漩暴虐，蓦地爆开，电芒激荡,"噼啪"作响。十二凶怪投影法阵中,周身赤色,咆哮嘶吼,围攻二郎神。二郎神嗤笑道:"小妖贱奴,竟欲翻天!"

其无心恋战,法力注入三月神戟中,欲引动九天之威,镇压了周下妖影。那神兵受法力加持,光芒大涨,颤抖了两下,竟平息下去,未借来九天之势。二郎神脸色一变,惊醒开来:锁神阵里自成一界,全借不来外力。

二郎神威武不凡,冷哼一声,分出六大化身,皆持神兵利器,扑向四周,搬神通,用术法,直与十二血怪大战开来。一时刀锋射寒,剑气纵横。二郎神见识广博,经验丰富,手段多样,遭草莽凶怪围困,竟隐隐占据上风。其素来骄狂,恃强无惧,全不顾身陷囚困之中,呼喝道:"小小锁神阵,能奈吾何!"鸿鹄妖不敢轻视,一头扎入困阵中去。山神、土地公二者紧随其后。桃灵眼看二郎神遭诸怪围攻,一时不知如何抉择。

恰逢困阵中间土地老儿吃了二郎神一击,痛呼一声,啐出个门牙,咒骂不止,已斗出了怒火,身上覆盖上土色重铠,厉吼一声,复冲了上去。岂料尚未能碰着二郎神身子,又中了一脚,掀翻了回来。二郎神更分出道化身紧追而至。土地老儿仓皇避让,瞥见桃灵呆立困阵外头,赶忙大呼:"美人儿快来相助!"

闻土地公呼救,桃灵纵身一跃,跳入大阵中,右掌一挥,正好替土地公挡下一击。十二赤怪凶影大吼开来,身子高涨,吸取阵中之灵华宝气,眨眼已放大数倍,战力噌噌直升。山神亦大受鼓舞,嚷一声:"好!"化成个十丈巨人,与一道分身缠斗开来。一时间反贼斗志高起,调动地势之力,全占了上风。

九重天上,千里眼、顺风耳两位大将眼观六路,耳听八方,觉察二郎神陷入重围,急禀告天帝。千里眼仓皇大呼:"天干锁神阵再现于世,受贼子掌控!"

顺风耳疾声道："二郎真君遭受重围，处境危矣。"天帝骇然失色，赶忙下令："切不可叫二郎神丢了性命。"

顺风耳遵一声"喏"，搬传音之术，千里传讯，道："陛下有旨，令大元帅急速行军，与二郎真君里应外合，一举擒杀反贼。"圣禽大元帅正领二十万大军驾重云而动，收到高天传音，急向众将下令："二郎真君与鸿鹄小贼激斗，吾等速往支援。"

天将之中，有个风采女子，发丝间有电芒噼啪，束装干练色坚定，英姿遗世能指挥。此女子不是她人，正为电母。闻大元帅说鸿鹄妖踪迹，电母厉喝一声，猝然而起，驭一道迅光，已抢先进发。盖其深怨妖王陷杀了雷公，悲愤难抑，直欲剁碎了贼怪以泄私恨。

再说二郎神身陷天干锁神阵中，遭诸贼猛攻，愈显不支。其素来心高气傲，目中无物，视凡尘为奴，凭一己遮天，今逢必死之局而狂妄敢嚣，陷绝境而愤慨怒斗。

值此时刻，战斗惊险异常。便见那困阵中间：寒光冷芒天神狠，一身六面手段多。六欲同根皆为真，招式多变难应对。神光仙术攻势猛，彩刃缤纷杀机浓。

一斗半个时辰，土地公、山神二者数遭险危，几丢性命，惊惧之下，皆作生死恶搏。至于鸿鹄妖，更是勇猛凶狠，招式汹涌，调法阵之力为用，假大地之势作盾，一式还比一式猛，二郎神即将招架不住。

正此时，阵法外头，高天大将之电母已驰援而来。其驭闪电而动，依蓝光之迅，凭愤怨之心，敢抢先诸路天神，独冲到高天上来。其长发一摆，数千电弧激射出来，全击向天干锁神阵，欲破了此阵。

那法阵又岂是那般好破的！便见旁侧陡然跳出个厉鬼来，尖啸一声，自浮云闪身而出，飘忽其身，竟全拦下了数千道电光之刃。那厉鬼暗遵道王命令，一直埋伏于侧，以应变局。

正此时，锁神阵里，鸿鹄妖陡然飞起，跃到二郎神背后，双翅拍打,激射出一道道赤焰链条,恰把二郎神紧紧捆缚住。妖王令曰:"快些出手,斩了此子!"土地公呼喝一声,双手结印,口中念咒,化出个土色利剑,便要冲过去灭杀了二郎神。桃灵心下一痛,下意识拉住土地公。土地公竟顺从了,未冲上前去。

道王大急,复催令:"还不动手!"山神遂鼓起了勇气,砰砰奔来,右手前探,紧扼住二郎神脖子,左手一抓,硬生生把二郎神头颅揪了下来。那二郎神的残躯不停抽搐,死命挣扎,终于不动。山神嘿嘿一笑,张口吞下二郎神的脑袋。

可怜二郎真君,掌仙妖律令,执天地刑罚,纵啸世间,敢比古来高伟,欲谋九天之冠,竟落得如此下场——崩命凡尘中,碎尸空虚里。欲谋天帝位,骂名遗千古!

十二大妖盯着二郎神残尸,蠢蠢欲动,垂涎不已。鸿鹄妖轻笑一声,示意众怪撤了锁神阵。岂料法阵甫一撤销,三月神戟顿时接引来星辰之力,颤鸣一声,冲高而去,飞去了九重天上。

神兵有灵,竟溜逃出去!鸿鹄妖拦阻不及,大呼可惜,懊恼不已。十二大妖倒不去管,显化出本体,咆哮竞扑,争夺二郎神残躯。桃灵不忍去看,擦了泪水,不叫妖将看见。

且说上神肉躯实乃难求宝贝,凝积大地精华,摹刻天道奥义,敢望圣丹奇药,可比至藏宝库。诸路大妖得此血肉滋补,登时模样大变,全褪去凡尘土气,精神抖擞,魂魄高壮。此些个凡尘大妖凶怪,受二郎真君恩馈,战力上涨,地位高升,竟有了些神仙气质——毛发流光身整洁,凶气内敛色从容。速成伪道脱变出,一蹲一卧有威势。小妖簇呼争围捧,凡怪恭维助其骄。位尊养优心倦怠,不思修行欲权力。

眼看十二大妖吞噬了二郎神尸体,桃灵拦阻不及,赶忙拔下个簪子,口中念咒,吸纳了二郎神残魂。盖此簪唤名"养魂簪",乃由桃灵本命精元所化,能滋残魂,壮大识念。

鸿鹄道王正与电母激战，凭桃灵收走了二郎神残魂。电母复仇心切，全凭愤怨之情，独身敢闯，匆匆数十回合，已遭擒就范，被道王收入袖中。及至此时，道王精神稍松，方觉知自身遭创，呻吟一声，不敢乱动，口中念咒，搬个疗愈术，复合了胸前伤口。其不敢耽搁，即令手下妖兽立时撤离。

甫一离开，圣禽大元帅已率天兵天将追击而至。其火速而来，本想立个大功，不料竟晚了一步，叫反贼陷杀了二郎真君。其心下大恨，深恐天帝责罚，遂令二十万天兵天将追击下去，向深谷进发，直欲与三万妖兵决战。

鸿鹄道王落入桃花谷中，与妖兵大军相会合。其派遣十二战将，分到妖兵中间，监督备战，领导调度。贼子心思合一，设法阵，布陷阱，斗志高昂，全欲与天兵大战一场。反贼之中，唯一只厉鬼，不意战争之事，飘忽其身，紧吊着桃灵，不舍离去。桃灵骂它："哪来小鬼！纠缠姑奶奶作甚！"

厉鬼传出神念，谄笑道："仙子发上簪儿煞是好看，小子好生稀罕。"盖厉鬼十分惦念二郎神之魂魄，欲说些好话，向桃灵讨来。天神之残魂实乃大补之材，受小鬼幽灵向往！然彼时厉鬼与电母缠斗，未能脱得开身，叫桃灵抢了先，收走了二郎神魂体。

桃灵挥手驱赶厉鬼，怒斥："小鬼胡言！还不速去备战。"厉鬼不甘心放弃，复乞求："仙子发发慈悲，把簪儿叫小子瞧瞧。"桃灵吵得心烦，怨叱一声，素腕一拍，罡风狂卷，直朝小鬼袭去。厉鬼躲避不及，身子已被击中，撕成碎片。其惨呼一声，重组了身子，暗下咒骂连连，怨念深聚，望着桃灵去远，不敢再跟。

正此时，圣禽大元帅领二十万天兵天将扑压而来，悬立深谷上方，布阵重云之间。土地公见天军气势汹汹，急向道王谏言："天军士盛，不若暂避锋芒。"道王听从其计，即令三万妖兵火速撤离，不得恋战。又

第十七章　二郎神贪功冒进　陷入法阵身陨落

闻道王大叱一声，蓦然化出鸿鹄本体，长啸冲起，直向云层里天军冲撞过去。圣禽大元帅立功心切，骂一声"好贼！"，显化苍鹰本体，独与鸿鹄妖大战开来。

斡旋一百回合，鸿鹄道王见谷中小妖皆撤离出去，放下心来，厉喝一声："本王今日饶汝一命！"喝音落时，鸿鹄妖陡然使了个遁移之术，摆脱战斗，现身数十丈外，直往远际溜去。激战正凶，圣禽大元帅已斗出了怒火，万万料不到鸿鹄妖从容应对，竟脱逃而去。

大元帅追赶不及，见谷中小妖皆已撤离，蓦地惊醒，暗下懊恼不已，大笑道："反贼溃败矣！"其赶忙率天兵天将占领了桃花谷，好向陛下邀功。岂料天军得意，未能先察陷阱杀阵，一时惨呼声陡起，竟枉死了许多士兵。

第十八章 Chapter 18
兴时热闹迎新娘　败也落荒仓皇奔

圣禽大元帅率天兵天将凯旋，向天帝报捷。其奏曰："贼寇不堪一击，望风而逃，已叫天兵天将占取了大本营。"天帝叹曰："可惜二郎真君神勇绝世，竟遭贼子陷害，枉丢了性命。"其不由怒斥："天干锁神阵乃为禁忌绝阵，遭贼子偷盗，走偏入歧，胆敢逆叛圣庭！"天帝长居上位，统领九天十地，号令亿万臣民，天之所及尽皆臣服，地之容纳全数归顺。神通绝强之辈恭谨而垂立，才华惊艳之徒孤哀而效忠。威临之周下，诸神簇喝，众生匍匐；施令之际刻，大仙吹捧，平俗欢呼。蓦地遭贼子挑衅，受锁神阵胁迫，叫他怎不恼怨！

大元帅知天帝隐忧，立时讨好："小妖不堪一击，乃是些乌合之众，难樱天军浩势。大军所及，贼寇闻风溃逃，急急奔命。"又道："末将定斩杀贼首，捣毁妖阵，无使为乱。"天帝哀声道："二郎真君遭贼人陷害，枉丢了性命。痛失一臂矣！"哀叹时，天帝老儿竟落下泪来，悲痛不已，乃至露出绝望之情。大元帅心下一慌，赶忙下跪，呼告："小妖掀不成风浪。吾圣庭悠悠而来，极盛万载，岂惧贼子小怪！"

天帝遂擦干眼泪，威势浩荡开去，挥一挥手，示意大元帅退下。大元帅恭声遵"喏"，退出宝华殿，急召二十八方星宿、九重天阙之王及十方黑狱殿主共商剿寇之策。

各路天神大将得大元帅召唤，莫敢懈怠，天上地下概来相会，聚首高天云浪上。大元帅身披战袍，足蹬战靴，姿态威武，直当疾风而立。二十八方星宿环身浮立，庄严威猛，神圣不可侵；九重天阙之王身戴重铠，凛然而立，战意冲霄。至于十狱殿主个个凶狠，煞气满面，不敢直视。

便闻个狱主呼嚷："不知元帅有何要事相召！"大元帅叹曰："下界小妖滋事，已成气候，陛下十分忧虑。"立时有个天阙之王大呼："草莽小贼，何忧之有？吾即刻下界，把那贼首捉拿上来。"诸路星宿大将皆附和其言，斗志大起，争相请战，全不把小妖贼子放在心上。大元帅喝一声："好！"赞曰："诸兄真乃忠勇之将！"正此时，有个幽狱殿主疑声提问："执法掌刑，安定妖贼，正为二郎真君职责所在。不知真君耽于何事？"大元帅长叹一声，心知不可隐瞒，实言道："二郎神已叫小贼陷杀矣！"

此言一出，一干天神大将登时受吓，个个惊惶开来。其不敢信其真，笑道："二郎真君神通无匹，纵横天地间，岂是小贼能伤！大元帅定是玩笑了！"大元帅哀叹一声，又道："剿寇平叛之事全仰仗诸兄。"

岂料那些个天神大将骤闻二郎神竟遭贼子所害，心下计议开来，不敢犯险。十方黑狱殿主中有个滑溜的，瘦腮黑脸，眼珠子一动，呼喝一声："凡妖小怪实不堪一击。小弟位卑辈次，不与诸兄争此机会。"

话音甫落，不待大元帅答话，这殿王已搬弄神通，周下涌起暗雾，倏地落下去，穿破云霄，归返暗狱中去。其余九位暗狱殿主心思迅疾，紧随其后，告辞而去。天阙之王兄弟九人个个威武，凛然挺立。当中便有个天王怒骂："此些个暗狱宵小实不堪与谋，且叫本王拦他回来！"这天王身子一闪，已追了下去。便闻其他天阙之王喝一声"吾与尔同去"，亦跟了下去。那二十八方星宿大神眼看着十方黑狱殿主及九重天阙守王皆已借故离开，遂应道："吾等即刻归去，调遣部署，与大元帅一同剿寇，正好替二郎真君报仇！"圣禽大元帅喝一声"好"，赞曰："诸位星君甚是忠勇！"

转眼间，二十八方星宿各自归位，把大元帅独遗在苍穹下。大元帅初时不明其意，满心计划着剿匪事宜。然其左等不见九重天阙守王归返，右盼不着星将踪影，大元帅豁然惊醒，情知受了诸王愚弄，不由大恨，暗骂：临阵脱逃，都是些怯懦玩意儿！无奈之下，圣禽大元帅集合天兵天将，贸然而行，冲入林莽深处，强闯进浓瘴里，追剿反贼而去。

再说鸿鹄道王领十二大妖设下天干锁神阵，陷杀了二郎真君，并擒下电母，溜进林莽深处，安营扎寨，蛰伏下来。反军营寨里，便闻鸿鹄道王欢声大笑："吾等今时斩杀了二郎真君，实是大功一件！"

土地公长居仙位，极善迎合之术，见道王心情大好，立时拍马屁："全是大王统御之功！大王能率我等捣破青天，翻覆苍穹，真是法术盖世，神通绝强。"鸿鹄道王喝一声"好"，赞曰："土地老儿有赏！"

正此时，便见几个小妖前后簇呼，把个女俘推上前来。那女子：战袍长挂英姿飒，细腰紧束身傲挺。电蛇绕发噼啪响，杏眼圆瞪柳眉横。此女子不是别人，正为上位大将闪电母神。其一心为雷公复仇，独闯贼阵反遭擒。土地公见电母英气脱俗，光彩照人，眼珠子竟一动不动，已犯了花痴。桃灵小声骂一句"妖精"，忍不住拍一下土地公脑门儿。

道王大笑开来，命曰："便把电母赐予老头儿为妻！"土地公赶忙拜谢，蹦跳上前，张开双臂，便往电母身上跳。岂料一不留意，叫电芒触中，痛呼一声，跌倒在地。鸿鹄道王开怀大笑，一挥道袍，射出道光华，罩向电母，封住她的神通。土地公纵身一跳，揽住电母脖颈，往她樱唇上一吻。电母躲避不得，目中尽是鄙嫌厌恶之色，委屈难言，愤懑不表。堂中大小妖怪大笑开来，欢乐不已。

贼营遂摆酒设宴，庆祝土地老儿新婚之喜。道王率十二路大妖前来相贺。便见高堂上，电母形体受禁，遭女精灵挟持，硬是与土地公对拜成亲。堂上立时哄闹开来，大小妖怪皆上前献酒。及至半酣，便见个熊怪一脚踢开石凳，醉声道："土地老儿好福分，娶了上位女神，叫俺等好生羡慕。"

土地公已喝得醉醺醺，弄神通托住熊怪，笑曰："吾等攻入上庭，那些个仙子女神凭熊兄挑拣！"鸿鹄道王把金樽一摔，振臂大呼："吾已毙了二郎神性命，大事将成矣！"诸怪立时哄闹开来，得意之心且与呼声同涨，欢声笑音应和烛火跃然。

当此时，陡见只厉鬼飘忽近前，慌忙传迅："大王！天兵天将摸了过来，领头的正是圣禽大元帅。"鸿鹄心道：林莽深处，周下皆是寒雾浓瘴，天兵天将倒不怕迷了方向！心念及此，道王喝一声："好！"蓦地化出本体，雪翅一拍，便见烈焰翻涌。其一声厉啸，已冲破营寨，闯进寒瘴中去。堂上呼声乍起，一干妖兽尽皆化出本体，狼豺虎豹俱有，猿鹿麋象全在，咆哮不绝，撞碎了四壁，直往远际冲。三万妖兵操戈弄刀，一齐奔腾开来，喊杀声起，直搅得烟瘴四逸。唯有土地老儿，醉意已浓，一把揽住新娘纤腰，唤一声"美人儿"，全不管身外厮杀拼斗。

正闻"轰"一声响，大堂骤然坍塌，把土地老儿和新娘子覆盖了。火光尽数熄灭，四下一片黯淡，唯有远处浓瘴里，厮杀拼斗之声不绝而来。

土地老儿已醉得不省人事，只死命抱住新娘子，凭堂舍坍倒在身，全不去管。不知何时，桃灵悄然归返，立身幽暗里，美目带怨，骂一声："老色鬼！"弄术法，掌间射出七色彩华，牵引些断壁残垣，"嘭"一声，统统丢到土地公上头去。土地老儿似有所感，呓叫了一声，竟昏睡着，不曾醒来。倒是新娘子电母，把一切瞧得明白，徒睁着大眼，深藏住厌恶之情，已记下了此仇。可惜她神通受封，反抗不得。

再说桃灵发泄了私恨，咒骂一声，正欲悄然退走。当此时，一支利刃"嗖"地破空袭来，骤然而至，不能预防，直指桃灵背心，已要破进她的身体中。便闻"嘭"一声响，寒刃与护甲相撞，激起火星四射。桃灵受了一震，踉跄向前，"哇"地吐一口血，险些跌倒。桃灵反应迅疾，身子就势一矮，反手拍出一掌，罡风肆起，彩流喷涌，已击向了身后。暗敌躲避不及，遭彩华袭击，连同利刃一齐卷飞了出去。

桃灵始瞧清，偷袭她的不是天兵天将，乃是营中厉鬼！厉鬼偷袭不中，反叫桃灵认了出来，索性下定决心，毫不迟疑，身子一晃，融入寒雾里，寻机而动，一心只欲毙了桃灵性命。周野寒瘴汹涌，四下杀意弥漫，桃灵不由大骂："小贼，同室操戈，岂欲谋反不成！"

虚空里传出波动，便闻厉鬼回应："姐姐收留了二郎神残魂，岂非有意通敌？"原来这厉鬼惦念着二郎神魂魄，一心追求壮大，不惜袭杀桃灵大帅。桃灵见此贼纠缠不放，亦决心除了此患，放开神识，与自然同律，悄感周下波动，果然觉察出厉鬼动向。便见桃灵足尖一蹬，身若流云蹿出，掌间瑞华喷薄，卷向前处浓瘴。厉鬼果真藏匿此间，骇得慌忙溜遁，躲避不及，叫激流袭中，被撕成了碎片。

虚空里，便闻厉鬼传音激将："姐姐也忒凶狠！无怪土地公老爷另觅了新欢！"桃灵果然受激，怒火中烧，尖啸一声，嘶叫："小贼受死！"便见她神华大涨，周身彩刃乱舞，疾风劲吹，绞得虚空直颤，涟漪荡漾。桃灵怒叱一声，飞扑上去，身外彩刃旋打，姿态欲狂，蛮撞强冲，已辨不出厉鬼方位。

趁桃灵大怒之时，厉鬼融入虚空，悄移向桃灵身后，摇晃影姿，得意难抑。寒芒闪烁，厉鬼裹挟利刃，从后头突袭，直欲击毙了桃灵。

正此时，山神"砰砰"踩着大步，尚未穿破寒烟，已嚷嚷开来："可惜老鹰奸猾，丢下天兵天将，自个儿溜了，没能捉拿得住！"道王喝令："天军群龙无首，正好覆没之！传令下去，全线追击，把天军杀个片甲不留！"山神遵一声"喏"，大步迈过来，一脚踢开废墟，拉出了土地老儿，嗡声道："老头儿莫急着洞房！且与俺同往杀敌是紧！"

土地老儿酒意未醒，朦胧间呓语道："美人儿莫急！待俺归来，再与美人共度良宵。"桃灵微一犹豫，终放心不下土地老儿，亦紧随而去，与二者一同追缴天兵天将。天兵天将身陷迷雾寒瘴里，不辨方向，遭妖兵冲撞，已是慌乱之态。

且说圣禽大元帅畏惧天干锁神阵，生怕中了埋伏，与贼子只战了数十回合，便匆匆化出苍鹰本体，长啸一声，溜回天上去。见大元帅已溜回天上去，天兵天将哪还愿抵挡？大军顿时泄了士气，受妖兵兽潮一冲，便呈溃败之势，争相奔逃，草木皆兵。其中丢盔弃甲、闻风丧胆之状不一而足。

山神与土地公、桃灵三者率十二妖王乘胜追击，搬神通、弄法术，全线捉拿散兵游将。及至天亮,方收兵而归,押着近万俘虏,鸣锣打鼓,吆喝呐喊,大获全胜!甫一见着道王,山神便嚷:"终是叫老鹰溜了,未能擒拿住!"鸿鹄道王双臂一振,高呼:"寰宇皆为吾等所有,何意一子乎!"妖兵大军皆受其气概感染,仰天高呼,斗志大涨,直欲冲上九霄,掀翻了此片天地!

三万妖兵皆生于凡尘之中,受制于规则,为奴为禁,负重默忍,苦挨谋生,不得超脱而去。今其与天兵天将相对决,竟大胜而归,遂飘然开来,豪气大涨,直欲乘风而去,冲霄而起,感受极乐畅顺之意。九天上恰能勃发威姿,天地外正好纵情自在!至于土地老儿,此时已扑到新娘子身上去,运法术,设下隔离结界,迫不及待,与上位女神入洞房去了。徒惹得一干妖王哄笑开来,羡慕土地老儿好福气。

再说圣禽大元帅吃了败仗,只身溜回九重天上,徘徊天宫门外,不敢求见天帝陛下。左右为难之时,正见着千里眼、顺风耳二将齐驾着祥云,一路交谈而来。及至天宫门外,兄弟二者赶忙向大元帅问好。

圣禽大元帅随口便问:"见汝等相谈甚欢,交流何事?"千里眼便答:"吾兄弟监察得知,那东海紫麒道人暗下与外夷交易,竟指挥得动巡航舰队!"骤闻此消息,大元帅着实吃惊不小,然面儿上神采不动,但已打起算盘,沉吟道:"小麒麟胆敢如此行事!且叫本帅前去探上一探。"大元帅周身云雾翻涌,化出苍鹰本体,锐目一扫,一头扎入云层里,长唳一声,双翅劲拍,径直往东海去了。

圣禽大元帅横掠汪洋,闯入紫麒域中,劲风流转,把那门童带飞了出去。至于玄域内,凤凰惊远鸣声哀,百兽慌奔茂林动。童子匆忙爬起身来,跌跌撞撞,赶紧向紫麒道人汇报去了。道人神识通达,已迎了出来,向大元帅拱手笑道:"元帅大驾光临,小道未曾远迎,还乞恕罪。"大元帅不与他多话,高声斥责:"好个麒麟,胆敢与外夷勾结,辱我圣庭威仪!"

第十八章　兴时热闹迎新娘　败也落荒仓皇奔

紫麒道人暗下吃了一惊，笑道："元帅此话从何说起？怕是受了小贼挑拨。"圣禽大元帅高声责骂："而今妖奴为乱，贼子称王，为害南域，已陷杀了二郎真君！值此危急时刻，汝敢与夷敌交易，培植势力，掌握了巡航舰队，隐而不发，岂欲谋反不成！妖贼叛乱，尔为同谋不是！是何居心，从实招来！"紫麒道人与夷姬常有往来，受其恩惠，本起了谋叛心思，此时受大元帅点破，顿时心虚。

道人心思一转，已作了决定，赶忙解释："大元帅冤枉。贫道借来巡航舰队，正为了平荡反贼，剿灭妖寇，好替大元帅分忧。"圣禽大元帅正为此目的而来，闻道人此般表态，心下暗喜，装傻问道："此话果真？"道人立时回答："确是真心实意！愿追随大元帅，平反叛乱，剿灭妖贼，使天下大治。"道人赞曰："如此甚好！事不宜迟，道兄即刻集结舰队，与本帅同去杀敌。"道人推脱不得，只得应一声"好"，与大元帅一同而去。

便见远海极尽之混沌迷雾中央，巡航舰队轰隆而动，巍巍而行，已驶出了迷雾。见那巡航舰队：森森铁堡寒光烁，幽幽暗影吞浮云。蛮兽出巢苍穹慑，骇浪相和鲸鲨避。圣禽大元帅受此间气势所慑，一时不敢多言，紧立在紫麒道人身侧。待道人一声令下，便见舰队一齐发动，击穿了虚空，轰出条传送通道。巡航舰队鱼贯而入，全涌入甬道中去，传送去千里开外。

紫麒道人方开口道："大元帅且与贫道加急前去，莫错过了好戏。"话音甫落，便见道人周身紫气缭绕，化出了麒麟本体，脚踩祥云，"嗖"一声蹿了出去。大元帅显化本体，长唳一声，化一道流华，紧追着麒麟，同往西去。

再说南荒林莽深处，鸿鹄道王率妖兵击溃了天兵天将，正大摆宴席，与手下庆贺。山神、土地公、桃灵及十二大妖尽数入席。电母依偎土地公身旁，已解开封印，娇笑含羞，似嗔带俏。一夜春情疾风拂，无奈落英谪凡泥。鸿鹄道王打趣："土地老儿倒是好本事，降伏了此等天仙美人儿！"

电母久居上神之位，极善应变，闻道王如此激她，全不恼怒，笑而答曰："道王神勇绝世，敢闯不惧，引领妖道而独拼，泛爱众生而强辟。此间之大无畏情怀，小女子仰佩不已！"

鸿鹄道王受了这番恭维，顿时得意开来，大笑道："良禽择木而栖！此女背弃了天帝老儿，投靠俺等来了。"满堂妖强登时欢呼开来，齐声道："大王威武！"鸿鹄道王遂举杯高呼："诸道友同饮，预贺吾等称霸九天！"

岂料正此时，轰炮声骤然而起，隆隆而响，好似高穹之炸雷，更胜群兽之怒吼。万道霹雳倾泻而下，浩浩炎海席卷开来。火山喷吐众生嚎，雷池漏洒鬼神骇。便见厉鬼慌忙来报："道王！巡航舰队骤然来袭，已呈合围之势。"鸿鹄道王历经考验，早已超越生死，此时神色从容，往石桌上一跳，高喝："众将莫慌！且叫本王看个清楚。"

喝喊时，鸿鹄妖已搬了眼通术，双目射出湛湛神光，往四下一扫，便见巡航舰队果真合围了四下。土地老儿半边身子已缩入大地，探着脑袋，一望见道王，立时道："只待大王令下，小神全听差遣。"电母高声大呼："道王法力齐天，岂是外夷宵小之辈能辱！"当真是夫唱妇随！

道王受了恭维，遂下令："大军出征，撕碎了此些蛮夷！"三万妖兵齐声大呼，化成汹汹兽潮，全冲向高天，逆溯雷霆而敢死，直当火海而强闯。飞蛾扑火不惜命，蚍蜉绝途要撼树！天之苍苍地辽辽，一粟岂能覆苍穹。巡航舰队抢了地利优势，居高而下，撒下雷江火海。便见一个个妖兵蛮兽烧得通体焦黑，长嘶惨嚎，痛呼悲鸣，跌落下去，全丢了性命。况且圣禽大元帅早已集结天兵天将，守候包围圈外，一声呐喊声骤起，全冲锋而来，把些个反贼杀得措手不及。

鸿鹄道王率主力大将反复冲击，终是奈何不得。况且妖兵死伤无数。桃灵祖护族人,不顾道王命令,疾声高呼:"桃族全线撤离!"一干妖兵受其影响,急急奔逃。情势急转直下,妖兵分散突围,遭天兵重创。其士气低落,溜进南荒深处,小心潜藏下来。

　　此役,天军得巡航舰队相助,大获全胜——歼敌八千有余,而不损一兵一将。

第十九章 Chapter 19
神獒复活大自在　反贼内讧起杀戮

十方幽狱深下之万灵魔窟中间,魔尊端坐正义殿,叹曰:"世事无常,乱世将至,难测大势趋向。"堂上便有魔将叫嚷:"尔等藏身此间,遁游无迹,与世不争。尊者何忧之有!"魔尊不由驳斥:"吾皆孕于幽魂亡魄之中,集世人识念而生,同盛共衰,焉能不替苍生着虑。"

有谋士谏曰:"而今圣庭衰微,外有强敌环伺,冒犯尊威,恃强逞凶;凡尘叛乱不止,妖兵结党,野心昭昭,妄图推翻九天!值此危难时刻,尊者何不遣派战将,以大神通荡涤其之阴魔气息,能降落凡阳,以辅佐天帝陛下,扶危济倒,使四方安定。"

魔尊心下一动,赞曰:"倒是个法子!"复沉吟道:"吾等皆为魔阴之体,藏身幽狱间,不能久居凡世。若以神通强逆天道之势,破阴还阳,遣干将常驻地界,实在风险不小。"那谋士复谏言:"下官收集神獒之残魂碎魄,汇聚其之神念灵识,今已拼凑完整,复活再生。其初死不久,阳气未散,正好派去地界,征战四野,平定天下。"

魔尊叫一声:"好!"大赞道:"此计甚妙。那黑獒乃为上古遗兽所化,禀性忠勇,神猛果敢,常纵横绝巅,对月仰啸,有怀仁天下之志,可擎苍穹,能揽山河。今已复活再生,阳气未散,正好遣此将去往人间平乱!"谋士便答:"恳请尊者施展大神通,替那黑獒再造身躯,好叫他还阳复生。"魔尊笑曰:"倒是小事一桩。"

魔尊采来绝世美玉,遣能工巧匠雕成神獒身躯,精磨细琢,惟妙惟肖。工匠向魔尊据实禀告:"此玉温润浑圆,正好拟作神獒身躯。然神獒居于高山绝寒之间,骨子刚烈,勇猛无畏,其精神气概实不好以玉石来雕。"

便闻魔尊笑曰:"本尊自有主意。"便见魔尊把手一挥,袖中"嗖"一声窜出两团烈焰,乃为地狱鬼火,径直没入獒像双目中去,熊熊燃烧,蠢蠢欲动。神獒玉体立时焕发神采,多了煞狠凶厉之情,栩栩如生。工匠自一旁瞧着,不由拍手大赞:"妙哉!正乃点睛之笔!"又见个武将取来转生瓶，往獒像上一照，口中念咒儿，把神獒魂魄注入玉像里去。

　　魔尊复搬神通，以大演化之术改造神獒玉体，竟与真形一般无二。便闻此尊者叱一声"去也"，周身魔气大涨，演化个大手掌，猛然一用力，硬撕开条虚空通道，定住道行之势，强通阴阳，疾风一卷，把神獒打入凡尘中去。

　　神獒穿越阴阳之隔而重生，恰降在雪域喜马拉雅之巅，灵湖流光仙鹅惊，雪莲亭摇彩华烁。其昏睡一昼夜，方睁开赤色眸子，泛着火光，直立起身子，仰天长啸一声，震得白峰轰然崩塌。便见神獒周身光华一涨，已化成了人身，毛发飞扬，身披驭雷制炎铠，足蹬驭电迅紫靴，往虚空一拜，虔心道："多谢魔尊搭救之恩。"

　　高空里，魔尊传音："汝心怀苍生，有济世之才，经天之能，唯受二郎神所害，竟铸大业不成，而自戕早亡。今复活再生，当以大任为重，切莫囿于私仇。"神獒再拜。其口中念咒，伸手一招，便见治世弓破空而来，恰落到掌间；又闻一声长吟，焚炎擎天箭化作火龙，服从召唤，疾驰而来。神獒仰天一声啸，急速奔驰，跃动于雪峰之间，纵情一跃，直往深壑落下。

　　便闻一声轻唳，火凤滑动双翅，划一道流弧，远飞而来，正好接住神獒，翱翔而上，往云间去。正是：返归阳间蜕变生，欲展宏图情得意。天高云涌全一新，无意生死纵自在！

　　有词为证：

　　黑獒威猛傲天下，一声长啸鬼魅惊。小妖避，蝼蚁遁。无惧生死大道佑，忠心不悔朗乾坤。此心永保砥苍穹！

　　地势浩浩接远去，瀚水奔流势难挡。晴川历，昊日悬。巍巍天山摩高宇，神光万丈洗碧空。万里江山尽览目。

昔时神燊受二郎神所害，自戕身殒，受魔尊搭救，复活重生，再归雪域喜马拉雅之绝巅。其秉承忠义之旨，不阿不攀，率直而行，以天下为己任，忧苍生之存亡，忍欺辱，受诟损，多舛多难，不图一己之安稳，但谋千世之长存。其遭同僚拒逐，受俗情约束，为旧规压制，蒙凡世贬弃，自始不改坚毅之心，恪守忠诚品性，终换得福报，往返阴阳间，超脱生死外，不归轮回管约，不受大道制衡。此间大自在，古来无人能享！正是守得云开见月明，忠心不悔破再立！

倒是二郎真君，昔时神武盖世，情态恣意，权大妄为，势强而姿张，翻掌覆手间能作云雨，手段滔天，天地间孰人敢惹！岂料今时訇然而崩，遭锁神阵灭杀，威仪俱无，神圣不存，唯留一残魂寄于"养魂簪"内，不活将死，苟且延续。其之残魂乃为大补之材，幸有桃族圣女舍命庇护，不曾遭厉鬼吞噬。

且说反妖受巡航舰队围困，损失惨重，大败而奔，溜进林莽深深处，悄然蛰伏下来。林莽深深处，浓雾毒瘴里，鸿鹄道王率一干妖兵贼怪构筑了壁垒营寨，设下法阵，自成一界，隐于群山间，伏藏深岗里，为浓雾封困，受烟瘴密锁，藏而不现，视野不广。

法阵中间，自是礼乐袅袅，万象升平。雀闹绿枝蝶逐耍，瑞光斑斓似明霞。大小头领皆藏匿此间，熙攘争吵，大吃乐饮，欲掀翻九重天，再塑大道法则。其中电母巧言善变，长于辞令，熟谙交际之道，赢得鸿鹄道王信任，已融入其间。其与土地老儿禀性相仿，倒通默契，日益亲近开来。

这日，鸿鹄道王召集各部妖王、头领立时议事。电母谏言："道王功参造化，威望深重，一旦振臂高呼，定然四方响应。至于圣禽大元帅通敌苟且，假外夷利器之威，逞威张狂，岂能久长！吾等终会取胜。"

土地老儿亦附言："小的誓死追随大王，共谋千秋大业！"

道王连声呼好，赏予二者法器各一。诸妖纷纷效法，皆大赞道王之功。唯有桃灵心下不屑，竟悄然退席而去。其深怨土地老儿不念旧情，有意疏远起妖众，渐显露出骄傲本心，受诸妖侧目。道王笑曰："圣女出尘绝俗，惯常上神恩宠，向往高天之无忧，岂甘同吾等为伍。"一干妖众与道王心意相通，皆嗤笑不已。

寒雾乱舞惹烦绪，远山若黛深沉压。桃灵受土地老儿背弃，离群而独往来，百无聊赖，与林间鸣雀飞鸟嬉闹，同其中瑞兽祥禽共耍，伴清风而赏落红，食芬兰而饮坠露。其乃为桃族圣女，周身弥散清香，芬芳溢开，吸引来四方彩蝶，欢悦翩跹，斑斓流彩。正此时，圣女心下一动，立时呆立不动，便感其发髻间有阴死之力波动开来，吓得彩蝶鸣雀仓皇奔逃。

桃灵心道：二郎真君实在绝世，竟复苏过来！其拔下养魂簪，手上运神通，灵力源源注入其间，温养二郎神残魂。便见木簪抖动开来，彩雾氤氲，瑞光烁闪，传出了神念。竟闻二郎神柔声道："待本君复活归来，好好疼爱美人儿。"

桃灵应付道："真君莫急，妾身拼尽全力，定叫真君重生。"二郎神复交代："待本君归来，铲平了妖贼流寇，定给美人儿提名封神，列位仙班，能与皓月长存。"桃灵心有所动，柔声道："唯盼真君不弃，好与真君长相厮守。"

二郎神尝居于九天，位高权重，英俊洒脱，纵横无敌，乃是个情中圣手，善于言谈，但凡是个女的，哪管是妖是仙，皆有手段降伏。今日落难遭劫，毁掉了肉躯，唯留下残魂寄居于三寸木簪内，风仪有损，多少失了自信。况且其昔时以通天大法囚禁了桃族圣女，今日沦作她掌间鱼肉，实在放心不下。事关存亡，忐忑难安。

二郎神复好声哄骗："本君昔时受天帝胁迫，举动之间皆受上庭监察，不得已狠下心来，设下恶阵，禁锢了圣女。今日落难，始知圣女心地之柔善。"桃灵允道："妾身定然竭尽力气，使真君再现神威。"

二郎神复叮嘱:"若有万年沉木作载体,本君能借之重生。"桃灵低声应一下,叫真君放心。又把养魂簪插回头上去,身子翩然一跃,轻盈而舞,已赴乐悦之云烟中而远去。

待桃灵归去,树梢上头赫然飘下只厉鬼,化为丝丝缕缕,逸散开来,融入虚空里,向鸿鹄道王汇报去了。此小鬼始终惦念二郎神残魂,暗下监视桃灵,未被发觉。厉鬼飘忽其身,穿梭于阴森密林之间,疾驰于玄幻寒烟之中,或幽幽,或狰狞,桀桀而笑,形态得意,向鸿鹄道王汇报去了。寻个左右无人时机,厉鬼化作阴气,"唰"一声落在道王身侧,疾声相禀:"那女贼温养了二郎神残魂,将复活二郎神!"道王霍然大吓,怒火冲顶而出,化出雪翅苍劲拍动,一声尖唳冲高,四下疾风猎猎,周身烈焰猛涨,骇得厉鬼赶忙远奔而去。

待鸿鹄道王平静下来,厉鬼方敢溜回来,万分惶恐,身姿摇曳欲摧,漱漱剧抖,嗫声不敢言。道王威势骤升,压迫向下,质问:"凭小贼伎俩,岂能逆乱阴阳,复活了二郎神?小鬼休得胡言!"厉鬼顿时稳住身形,有了底气,心有正义而无所畏惧,传音道:"通敌者正是圣女大人!此姬有本命密宝,唤作'养魂簪',能滋补残魂,汇聚识念,已叫二郎神复苏了。"道王急问:"此事果真?"

厉鬼趁机谏曰:"圣女大人甚念旧情,道王万不敢任她胡为,恐酿成大祸。"鸿鹄道王果真为此小鬼说动,心中一狠,生出杀意。厉鬼心有所感,委屈道:"小的劝阻数次,遭圣女大人重创,实在敌之不过。"

鸿鹄道王责备道:"怎不调派各路战将相助!万不能叫二郎神卷土再来。"厉鬼欢呼一声,化成缕黑烟,融入寒烟里,飘忽不见。其悄传道王命令,集合了豺、狼、虎、豹、熊五大战王,向桃族进发,潜伏不动,只待黑夜降落。

且说桃灵一族本隐于源地,与世无争,倚杖高崖坚壁之护守,静立碧潭云影畔,独出纷争俗扰外,熨帖自然之道,体察怡情之乐。竟受鸿鹄妖怂恿，举族起事，卷入旋涡中，欲罢不能。其本为草木之属，不喜奔窜，好宁守静，而今与强寇莽怪为伍，同血徒凶兽作群，愈感格格不入，望穿沉浮之空乏，倦厌宠辱之虚妄。红尘走一遭，已生归还心。流云依旧在，凡尘难清净。况且圣女殿下不堪寂寞之苦，欲复活了二郎神，好再续欢情快意。

及至夜幕临近，圣女召来族中长老，潸然落泪，哭诉道："小女子年轻不知事，一时莽撞，引族中老少步入歧路，以至深陷危境，凶险莫测，实在愧对长老信任。"

族中长老为她情绪感染，心下戚戚，便有个开口劝慰道："土地老儿忘恩负义，背信不仁，殿下好自珍重！"又道："吾族众隐居不出，远离尘嚣，安守悠静柔美，不善拼杀，岂能与凶兽蛮怪同流！况且上庭与外夷相勾结，假巡航舰队之威，势头猛不可当。前途扑朔难测，圣女殿下不妨率我等归去，觅地隐居，好避开纷乱之祸。"

桃灵与反妖不合，正有离去之心，赞曰："长老正乃大智明达者！"当下并不迟疑，立时召集族众，欲趁夜脱离反贼队伍溜逃而去。

厉鬼依鸿鹄妖密令，集合豺、狼、虎、豹、熊五大战王，已布下法阵，隐伏桃族四周，成合围之势。厉鬼望见桃妖族众蠢蠢欲动，不由大惊，心道：桃族竟要叛逃。其当机立断，传音五大战王，令曰："桃族叛反，杀无赦！"那豺狼虎豹熊者，个个嗜杀好战，听了命令，立时弄神通，显化巨体，皆是九丈高，周身杀气腾腾，缭绕神光，分外醒目，合围住桃族营地，正与高天星辰相应。其仰头咆哮不息，长声隆隆回荡，只惊得远鸟不动，神禽乱窜。

五大凶兽掀开土石，撞飞巨木，砰砰踏着大步，飞驰入桃族营地中，把些个桃妖精怪冲得东倒西歪，哭天喊地。暗夜里，豺、狼、虎、豹、熊者个个双目赤红，若同幽火点燃；形态狰狞，更似暗狱魔兽，吸食魂魄，无可阻挡。其皆是骁勇狠厉之辈，或踩踏，或撕扯，或扑咬，

"咔嚓"断裂声不绝于耳，残嚎求饶声此起彼伏，所掠处桃木皆化作断肢残体，碎屑纷飞，落英乱舞，鲜血淋淋。望五大凶怪陡然杀出，只吓得桃族众妖灵争相奔逃，胆骇欲绝，哪敢相抗！真个是场屠杀！

危难时刻，圣女恼叱一声，陡然显化桃木本体，独秀桃林中，洒下万道瑞光，全化成神链，仓促抽动，噼啪作响，同时纠缠住五大凶兽，好叫族众脱身。那桃木圣体端美祥和，似有母祖遗韵；气质绝俗，自有无敌之概；晶莹剔透，浑如玛瑙雕成；落霞相伴，疑似天外长成；流光溢彩，钟得天地灵秀。五大凶兽一时怒吼，舍弃四下小妖，全向圣女撞去。

圣女为其声势所骇，情知不可力敌，然不敢退缩，怒斥一声，怨气上涌，全化为阴暗之雾，冲高而起。四下里狂风大作，高天上阴云汹涌。圣女身子剧晃，摇落下满树仙瓣，化为光雨之刃，好似流星横空，若同银河飞降，氤氲蒙蒙，全袭向五大凶兽。危急时际，圣女竟用个拼命的法子，舍弃了一身结道花瓣，直欲同凶敌玉石俱焚。朵朵桃花流转圣道之力，自四面罩落，围成法阵，"噌噌"砸向凶怪，碰铁撞钢，泛起火星点点。豺狼虎豹熊者，遭圣花围袭，惨嘶痛呼，满地打滚儿。

正此时，厉鬼悄然而动，化成缕黑烟，融入暗云里，陡然尖啸一声，一下子窜入圣女身子里去。圣女不及防备，叫厉鬼偷袭得手，玉体战栗晃动，魂魄已与厉鬼缠斗开来。其识念内观，与厉鬼精神拼杀，无暇顾及体外战斗。五大凶兽遂一齐发力，崩开花瓣之阵，趁机摆脱，喷吐云雾，咆哮连连，一齐窜出，迅若鬼魅，向桃族圣女扑了过去。

桃族众妖眼看圣女有难，登时回返来援，飞蛾扑火般拦阻战将，奋不顾身忘生死，舍生取义护主公。那豺狼虎豹熊五大战将皆已杀红了眼，哪有点私情可讲，化成妖首人身，招来武器，挥动利刃尖兵，刀光剑影中全把一干桃族小妖砍个稀巴烂，残骸堆满四下，鲜血溅湿林地。其中豹王行动最迅，杀清了四周桃精，复化成兽体，斑斓点点，舔净须上血滴，剧烈晃动身子，抖落下满地木屑。其骤然一跃，扑到桃灵躯干上去，利爪深陷，轻盈而动，已蹿到圣女头顶上去，血口一张，撕下一大截神木。圣女惨呼一声，断口处血汁喷流，彩脂横溢，已遏制不住。

其他四大战王先后扑上来，撕扯、扑咬、拍打、砍伐，诸般手段一齐用上，叫桃族圣女伤痕累累，满地皆是断枝碎体。厉鬼趁势大举进攻，灵魂波动日益猛烈，只图吞食了圣女魂魄，好解了馋意，报了仇怨。内外夹击下，桃灵愈感不支，大败之象已现，坚持不了多久。

豺、狼两大战王素来奸狡，善用谋，行事周全。其看胜局已定，互通了眼色，"嗖"一声窜出，舍弃了圣女，盯上了桃族众精怪。此二者目中闪幽火，狠辣贪婪之色不加掩饰，尖牙烁寒，毛发森森倒立，竟欲全灭了桃树一族！豺狼二者长嘶一声，化出本体，扑入桃族众小妖中，屠戮杀伐，饮血汲汁，极尽快意。

初时桃族众妖心念圣女安危，不愿奔逃，宁可粉身碎骨，不叫凶兽得意。后来族中长老跳将出来，拦住豺、狼两大战王，向族人哀声大呼："撤离！恋战者清除族籍！"然一切已晚，桃族之覆灭乃天道之数。当此世界，弱肉强食，孰来相救！只匆匆数十回合，族中长老已遭豺、狼两大战王灭杀，伏尸血地里。剩者无一幸存，遭两大战王追杀，彻底覆灭。寒雾笼兮血腥浓，处境绝兮正疯狂。

况且此处动静太大，已惊动了全体妖兵。便有妖王大将欲率精兵来援，好制止自相屠戮。鸿鹄道王传音道："桃族与上庭相勾结，欲复活了二郎神，好断了吾等生路。"闻道王传令，各路妖将遂安分不动，不再插手此事。

电母正与土地老儿交媾共欢，一闻道王传讯，方知桃灵欲复活二郎真君，登时大惊，道一声："且叫本将前去瞧上一瞧！"顾不得披上衣袍，电母赤着身子，已驭一道霹雳，化作流华，奔了出去。行色之惶急，可见其心中激动。盖其受俘见擒，与土地老儿假意媾好，亲近妖众，献谄于鸿鹄妖，隐忍潜伏，全为了内应上庭，好覆灭反贼大军。

第十九章　神獒复活大自在　反贼内讧起杀戮

今时闻得二郎真君将复活再生，怎不欣喜！倒是土地老儿不明所以，一时不慎，叫闪电劈中，鬓发倒竖，满脸焦黑，白眼儿一翻，昏死了过去。少顷，土地老儿转转眼珠子，方醒过来，弄个钻地术，向桃族方向潜行而去，欲探查个明了。

电母驭霹雳而动，穿破重重云雾，眨眼扑至桃族上空。眼看桃族圣女遭诸凶围攻，已是奄奄一息，电母赶忙传音："且把二郎神魂魄传送上来，本将定复活了二郎真君！"圣女无可选择，果真听信其言，弄法术，自体内射出养魂簪，借暗夜掩护，飞去了高空，正好为电母接住。

电母紧握住养魂簪，感知其中二郎神魂魄已然复苏，心下惊喜，不敢再返回贼营中，便冲高而上，悄藏浮云间，坐观虎斗，静观其变。

第二十章 Chapter 20
厉鬼恣意得恶报　真君复活降妖王

厉鬼与虎、豹、熊三大妖王内外夹击，已把桃灵折磨得奄奄一息。看桃灵气势渐弱，厉鬼陡然猛攻，包裹住桃灵魂体，竟吞咽下去，强拘离圣女本体。厉鬼化成缕黑烟窜了出来，摇头晃脑，骄傲不已，扬扬得意，张口吐出圣女魂魄，向三大妖王展示其功绩。圣女魂魄乃是无暇桃体，玲珑绚丽，圣洁柔和，囚困于暗色牢笼里，漂浮虚空中。虎、豹、熊者遂赞叹："小鬼头真是好本事！"

闻得赞赏，厉鬼万分满足，始传音质问："二郎神魂魄何在？即刻交出来，保汝不死！"那桃体愤然挣动开来，晃得笼牢直摇，逸散出道道精华，流失了缕缕魂魄精气。厉鬼心痛不已，赶忙好声安抚："姐姐莫急，切莫冲动。那二郎神作奸犯科，罪孽深重，姐姐何需袒护？"厉鬼倒全不知晓，养魂簪已传去高天，由电母得到。

正此时，土地老儿冒出身子，原地打几个圈儿，尚不曾弄清状况，已高声喝止："汝等还不住手，何故欺辱圣女妹妹！"圣女传音呼救："相公搭救妾身脱困！"厉鬼昏了头脑，乐极不自制，大笑开来，前仰后翻，嘲弄道："美人儿怎瞧上个糟老头儿！"冷不丁遭厉鬼奚落，土地公恼羞成怒，胡子一翘，双目一瞪，操法术，覆上褐色铠甲，挥动拐杖，直朝厉鬼砸过来。厉鬼被他激怒，陡然生出狠意，悄向五大战王传音："土地老儿与桃妖相勾结，欲复活了二郎神，篡夺道王圣位！"

豺狼虎豹熊者信以为真，登时蹿起，合围住土地老儿，目色忿忿，幽火跃跃，就要激战。土地公骂一声"大胆"，挥动法杖，往外突围。厉鬼深恐有变，身子一卷，张口一吞，复把桃灵吞了进去。

眼看情人遭小鬼吞食，土地公哀呼一声，全没了丝毫理智，下手毫不留情，使出神通手段，杀向四面八方。激战遂启！土地公运神通，借地势为用，以坚土结盾，巨力汹涌，竟一齐袭向五大战将。狼豺虎豹熊者，方屠戮了桃灵一族，嗜血之欲已激起，正未能杀过瘾，此时受土地老儿挑衅，顿时大怒，杀意顿生，熊熊燃烧，遏制不住。

五大凶兽双目赤红，齐声咆哮，骤然发狂，猛地扑上来，一同咬住土地公，"哗啦"一撕，便把土地公分了尸。厉鬼呼啸而来，化成黑幕，一裹一卷，把土地公的魂魄吸食了个干干净净。狼怪叼住了土地公脑袋，远蹿了出去，用力一咬，吞咽下去，大呼过瘾。熊妖仰天长号一声，低头一撕，扯下块胸前肉，便望见土地公赤色的心怦怦直跳，流溢神华，妖异诱人，鲜红欲滴。

熊妖迫不及待，正要去吞，岂料豺妖骤然蹿来，长嘴一探，已把神仙的心咽了下去。熊怪大怒，巨掌一拍，拍飞了豺妖，吼叫着冲上去，与豺怪激斗开来。虎、豹二者分食了土地公尸身。

可怜土地公，长居神仙之位，掌管南疆沃野，执理一方风水，受妖灵祭祀，享凡尘膜拜，职位亦尊崇也！然其意志不坚，随风而动，畏强权而逐波，好欲而自迷，竟舍弃了仙神之位，与凶徒为伍，共恶兽同流，而心佻之，妄盼尊显。其背弃恒理，违抗天道，以耄耋之年而敢养亭亭圣女，暧昧通奸，还不满足，强娶上位天神，得意不已。其形态张扬，行事恣意，与野妖凶怪不相融。终于惹怒了凶兽蛮怪，撕碎了土地老儿，争而食之。呜呼哀哉！

及至黎明时分，妖营方安静下来，万分俱寂，压抑将死。厉鬼已退离桃族驻地，向道王回禀去了。豺狼虎豹熊者，亦收敛了暴虐凶气，化成人形，整理净了身子，一同去参拜鸿鹄道王。桃族营地中，唯留下满地残骸，掩于寒雾下，无人问津。

待五大凶兽远去多时，高天上陡然降下道血色霹雳。电母竟归返而回，正落在桃灵本体旁。其双手施法，布下了隔绝结界，取出养魂簪，轻拖于掌心，剥离出二郎神魂魄，小心滋养，悉心看护，重重包裹，轻呵口香气，吹入桃灵残体中去。二郎神魂魄甫一融入到桃灵遗体中，立时传出波动，欢呼："此灵木生机不散，神力未消，正好使本君复活归来！"盖二郎神欲假圣女灵体复活重生！而电母警惕四周，欢喜道："末将誓死追随真君,定要覆灭了反贼妖军。"

再说厉鬼与五大战王先后步入议事大殿,向鸿鹄妖禀告战绩。殿堂上,鸿鹄妖端坐高位,已然等候多时。山神立身堂下,神色冷峻,怒瞪着厉鬼,一言不发。白象、麋鹿、天马、神牛、蚌精、龙鱼、九尾灵狐者,皆已到位,噤声不言。一时沉寂,场势极冷至寒。

厉鬼鼓起勇气来,飘身到大殿前头,传音禀告:"已擒来了女贼,绝不会叫二郎神复活!"传音之时,厉鬼张口一吐,吐出了桃灵魂体,囚封于秩序笼牢里,幻隐幻灭,已是柔弱不堪。鸿鹄妖复问:"可寻着了二郎神残魂?"厉鬼据实答道:"小的未能搜着养魂簪,正要查问此贼。"遂向桃灵质问:"且道出二郎神下落,否则定叫汝魂飞魄散!"桃灵正陷于半昏半死中,蒙蒙糊糊,莹莹灭灭,疲惫将亡,唯冥冥里意志不屈,传出识念来:"道王莫受小鬼挑拨。二郎神早已魂飞魄散,还怎般复活!"

闻桃灵如此一答,山神最是激动,暴声怒吼:"小鬼捏造虚情,残杀同僚,罪无可赦!"蚌精与桃灵素来交好,亦愤慨谏曰:"此子阴险至极,绝不可留。"六大神王禀性敦厚,不好杀戮,皆震惊,纷纷质问:"以下犯上,袭杀土地公已是死罪。小鬼怎敢滥杀无辜,屠戮了桃树整族!"

众将一同诘难,厉鬼百口莫辩,身姿颤抖,答不上半句话来。其乃是残灵之体,苟存于世,六官俱无,不活不亡,不懂生之可贵,不知死之可怖,任意妄为,凌驾于众妖之上。其小轻生死之事,屠杀桃灵一族时何其恣意,随性主宰,纵情杀戮。竟触犯了众怒,惹得诸将群起伐之。

豺、狼两大战王最是滑溜,生怕受到牵连,急忙撇清关系,争相禀告道:"全是小鬼假传道王旨意,余等亦受它欺骗。"虎、豹、熊者跟着附言,全推到厉鬼身上去。厉鬼气得直哆嗦,传出阵阵波动,连出恶语咒骂。鸿鹄妖冷声相问:"小鬼滥杀无辜,屠戮同僚,掀起内讧,可有辩解?"情势陡转,四面楚歌,厉鬼已慌了阵脚,化成黑烟,钻入牢笼中,死死勒住桃灵魂体,绝望逼迫:"道出实情,莫要魂飞魄散!"

桃灵已是将灭之魂，一心赴死，怨声道："亡灵野鬼妒忌生命，嗜杀成性，定受天谴，下无间地狱！"厉鬼大恼，蓦地尖啸一声，身子用力一紧，便叫圣女湮灭，破碎成本源魂力，星星点点，全为吸纳。

眼看厉鬼行凶，蚌精杀意顿生，愤然不顾，掀起狂风，已冲到近前，搬神通，直朝着厉鬼盖压而下。其怨骂道："歹毒恶灵，贪婪无边，绝不可留！"山神紧随其后，搬弄法术，设下结界，禁锢了周下，严防厉鬼窜逃。其向鸿鹄道王高声相禀："此子素来奸狡，藏躲暗处，行事隐秘，搬弄是非，全凭嘴上功夫。今其恣意杀戮，酿下此等大祸，以致士气惶惶，军心不稳，非处以极刑不可。"

鸿鹄妖大吃一惊，顺势令曰："擒下此贼，毁其灵体，封印识念，流放无间黑狱，受精神寂寞之苦，永世不得轮回。"山神遵一声"喏"，正要加入战团，岂料豺、狼两大妖王抢先一步，猝然出手，各拍出一击，击碎了厉鬼。虎、豹、熊者害怕责罚，不敢耽搁，紧随其后，以神通大法攻向厉鬼，出手狠辣，不敢留情。那厉鬼好不容易重组了身子，尚不曾缓过劲儿来，复遭重击，哀呼一声，破碎成万千碎块，随巨力翻卷激荡，万难重组。

六大神王亦使出神通，合力镇压而下。一时间，满殿堂妖王大将皆出力气，结下法阵，拘禁出厉鬼识念，严密封印，并击碎其之灵体，化成本源魂力。便闻山神蓦然喝一声："开！"引导十二妖王之力，"轰"一声击碎虚空，贯通了无间黑狱。暗雾汹涌，阴风瑟瑟；幽灵飘荡，哀号阵阵凄怨。只骇得十二妖王簌簌颤抖，不敢多看。山神五指一握，禁锢住了厉鬼，猛地掷入虚空甬道，放逐暗狱，流浪于无际森寒中，自此寂寞无告，永世不出。

十二妖王撤去了法阵之力，大殿上唯剩下精纯魂力，由强力包裹，乌泽闪闪，涌动神华，未曾逸散。山神拘来魂力，呈予道王，奏曰："小鬼魂力醇厚，精纯味美，恳请道王笑纳。"鸿鹄妖心知此乃大补食材，敌不住诱惑，伸手一招，把此份美味引到近前，张口一吸，全都纳入身体中，滋补神魂，壮大识念。其神色满足，脱口赞曰："真是难得美味！龙肉凤髓不过如此。"

山神正要附言，陡然间整个大殿震动开来，一声力吼冲天而上，好似巨擘破地而出，亦如王者天外撞来。方安定下来，又遭骤变，军营里凡妖小怪不明所以，个个躁动，互相谩骂，撕扯斗殴，全露出凶兽本性。鸿鹄妖神色剧变，仓皇大呼："二郎神复活矣！"其已化成道烈焰，激射出去，直朝着桃族驻地而去。山神与十二妖王紧随其后，全数冲过去。盖二郎神得电母相助，假圣女之木灵残体，已重生归来。

漫野残骸全都熊熊燃烧，化为本源精气，汇涌进圣女躯干中去。一时瑞霞纵横，七彩圣光冲霄而上。结界挡不住浩浩能量，早已破碎。地面颤动不止，二郎神操纵圣女灵体正拔身而出。电母身披战甲，脚蹬重靴，驾驭电光，立身虚空间，满面兴奋，小心警惕。远看到鸿鹄妖浴火而来，电母大叱一声，已驱动雷电之力，飞扑上去。

鸿鹄妖骂一声："叛徒！"未把此女放在眼里，不愿在此浪费时间，猛地拍出一击，烈焰喷薄，炎炎汹涌，心想逼退电母，好阻挡二郎神复活。岂料急中生乱，竟叫电母寻到机会，猝然袭击，雷霆之力汹涌而发，席卷而出，从背后拍向鸿鹄妖。鸿鹄妖大意轻敌，不及防备，硬承下此击，呛出口血，愤然回身，只好与电母激斗开来。

只片刻，山神率十二妖王赶来增援。鸿鹄妖一时脱不开身，高声下令："拦住二郎神，绝不能叫他复活！"十二大妖显化本体，庞然力猛，凶恶躁动，疾疾而奔，气势汹汹，全冲入桃族驻地。眼看妖将来援，电母攻击愈猛，然遭鸿鹄妖压制，摆脱不得，分身乏术，有心无力，恨不得与贼寇拼命。

正此时，宇外陡然飞来道流华，绚丽明亮，急速而下，辟开虚空，照着山神砸落。山神胆骇，身子一缩，化成个圆石，就势一滚，避开撞击,回首一看,才望清宇外飞来的乃是三月神戟。此神兵有灵,听从召唤,危难时刻自主归来,直落九天而下,势若千军。

山神暗呼侥幸,不敢硬抗,连忙滚向一旁,远远避开。三月神戟竟转个弯儿,拖着亮尾,横扫向十二妖王。各妖王吼声震天,争相避让。唯熊怪不善速度,慢了半拍,避不过去,自恃身强力壮,探出掌影,要把三月神戟抓在手中。凭小妖之能岂比九天威势!唯闻"轰"一声巨响,熊怪已撞飞出去,吐了一大口血,咒骂一声,奔向远处。其身子笨重,仓皇逃命,跌跌撞撞,连滚带爬,不敢往回看,骇得不顾半点形象。

当此时,陡闻声惊天巨响,中央圣木爆起熊熊焰光,映红了一片苍宇。三月神戟颤鸣不止,欢啸一声,划个长弧,投入火团中去。鸿鹄妖心下大骇,赶忙逼退电母,化出雪翅,用力一拍,周身烈焰缭缭,光华大涨,紧赶着冲出去,慌忙拍出重击,全袭向中央火团,欲摧袭了圣木,不叫二郎神复活。其去势不减,雪翅一收,包裹住身子,一头撞进火海中,惹得烈焰乱射,激荡开去。

电母心有所感,止住了身子,不去阻拦鸿鹄妖,任它闯进烈焰中。陡然火团一敛,全内收了,鸿鹄妖倒飞出来,遭了创伤,尖声长唳,气势高涨,复冲了上前。二郎神周身晶亮,莹莹闪闪,凝灵木精华而重生,披重铠,握神兵,与鸿鹄妖激战开来。山神率十二妖王围攻上前。电母不敢耽搁,亦加入战团。其驾驭霹雳,身法诡谲,行动无影,穿梭于凶怪中间,游刃有余。十二大妖大喊大骂,围追堵截,全然沾不到她的身,个个火冒三丈,焦躁不已,以致于乱发神通,互相厮斗起来。场面相当混乱。

鸿鹄妖大喝一声:"结阵!"十二大妖立时跃开身子,依星座布位,排成了天干锁神阵。电母匆忙大呼:"真君速退!"昔时二郎神正因该阵身陨!然二郎真君生死间徘徊了一趟,体悟大道奥妙,精神自在,全与天地宇宙相通,已凝生了颗大勇无畏之心。趁法阵发动之际,二郎真君把三月神戟往前一推，化成只银色蛟龙，纠缠住鸿鹄妖。本体一动，已扑向了蚌精。

真君与蚌精有旧情，尝指点此妖功法，熟络其神通手段，甫一照面儿，已封住了蚌精。其右臂一挥，耍袖里神通，把蚌精纳进袖中。并顺势蹬了一脚，踢翻了熊怪，使其远远儿滚出去。

既破了锁神阵，二郎神抽身而回，与鸿鹄妖大战开来。这一战好生激烈：真君气势高，神通强，舞神兵，习圣法，借力九天，招招皆是无敌；鸿鹄道行高，吞母石，换精髓，率众怪，有支援，意志坚韧，屡屡出击不屈服。二郎真君神勇无敌，姿态洒脱，与凶妖缠斗一千回合，看其露出衰竭之象，遂猝然爆发，神魂脱体而出，化成狰狞恶灵，扑向半空，一下子钻进鸿鹄妖身体里去，擒住了贼首魂体，捏在了掌心里，复位归还。

"轰"一声，鸿鹄妖躯壳掉落下来，砸得土石纷飞，周身烈焰缓缓熄灭了。山神已探出双臂，然晚了一步，不曾接得着。眼看二郎真君得手，电母卸去霹雳，一跃而下，与真君并排而立，同凶怪相对峙。

山神踏步向前，喝骂："叛贼！敢与二郎神相勾结，定落不得好下场！"电母正占了上风，哪甘受辱，且极善辞辩，立时驳斥："呆瓜！本将小心潜伏，正为接引二郎真君复活归来！何况尔本是山中神灵，受封于上庭，竟自甘堕落，沦落为贼寇草莽。亡羊补牢，未为晚矣。今时投靠了真君，可保汝重归神位。"

山神大笑道："神仙管束多，还是凡尘大自在！二郎神不妨加入我等，共铸大业！"鸿鹄妖传出识念波动，应曰："石头此话甚是有理！真君神体已毁，今假妖灵之木重生，怕不能融于上庭，何不归顺于吾，另开盛世。"此妖倒也了得，尝受极刑磨砺，吃尽了苦头，故能镇定，从容不乱。其魂体遭二郎神擒住，拘于掌心内，摇曳将灭，竟还劝二郎神归降。二郎神为它打动，深知其言不虚，以如今身份怕难融于上庭，一时悲愤难抑，仰头怒吼，乱发飞冲而上，慑得各路凶怪不由后退两步。

电母心下生怜，劝道："真君乃上庭第一战将，受仙王共敬，神侯同尊，莫受了贼子哄骗！"鸿鹄妖陡然大笑开来。笑毕，反诘一句："仙子失身于土地老儿，浪迹于妖贼草寇中间，岂不怕诸神嗤笑？前路何去？孤独乎！"

电母顿时语噎，竟流下了泪，委屈大哭，忘乎所以。其本高洁出尘，为诸神慕思，竟受折辱，沦为战俘，失身于土地老儿。其平时潜伏妖营中，伪装强笑，苦苦压抑，不敢流露真情，唯图报仇雪恨。今日已擒下了鸿鹄妖王，大仇将报，心弦儿放松下来，终于呜呜哭开，好好宣泄，止也止不住。凶怪猛兽为其感染，全望过来，默然不作声。

二郎神长叹一声，目色坚定，自语道："拼一拼吧！"绝路之下，二郎神终于决心叛反，图谋变局。鸿鹄妖大喜过望，尚不曾来得及欢呼，陡然惊恐尖叫开来，惨绝撕心，瘆得对面那些个大凶猛怪直发毛，不由后退一两步。便见二郎神口中念念有词，吐出金色咒语，全打入鸿鹄妖魂体中去。鸿鹄妖裂声长嘶，魂体半明半灭，摇摇欲摧，终于挨不过此中疼痛，昏死了过去。

二郎神冷哼一声，手掌轻推，释放了妖王魂体，使其重归鸿鹄肉壳中去。山神赶忙跑来，急切呼唤，催鸿鹄妖王快些醒来。各凶怪大将齐声怒吼，重又合围了二郎神。

待鸿鹄妖缓缓睁开眼，喝令一声："退下！"步上前去，竟朝二郎神跪下，拜道："参见吾王。"盖二郎神已在此妖魂体中注入诅咒之力，消解不得，永生奴役，不得背叛！失去了主心骨，众怪不敢反抗，只好跟随鸿鹄妖，全都给二郎神跪下。其本受苦于凡尘，多遭上神大仙欺凌，自卑自轻惯了，倒也甘愿臣服于二郎真君。

唯山神有些傲气，接受不了此等变化，悄然后退，蓦然搬遁逃之术，钻入深土下，远溜而去。二郎神无暇去管，任由山神去了。

第二十一章 Chapter 21 燹者无敌吞昊日 天下大治平内乱

且说神燹得魔尊相助，重聚识念，凝炼魂体，穿破阴阳之界而重生。其跃下喜马拉雅山，驾驭火凤而翱翔，翻覆于天地间，一声长啸，惊得云涌浪汹。扶摇而上，刺破高天，直出九重天，向乾坤圣宫去了。千里眼、顺风耳二将觉其踪迹，震惊不已，仓皇禀告："真不敢信！神燹竟复活归来。"天帝大喜过望，直身而起，神色激动，欢呼："天佑大朝！"即遣圣禽大元帅南出天宫，远迎神燹归位。

圣禽大元帅远看神燹驭火凤而来，探出神识仔细辨认，终究寻不出半点问题。大元帅啧啧称赞："造化！神燹手段超凡，冠古绝今，竟修成永生不死术。"神燹自灭不成，还阳再生，悟通圆滑之理，一改直拗品性，增了智慧，愈加平和有礼。

望见圣禽大元帅亲身来迎，神燹赶忙跃下火凤，谦让道："侥幸而已。全是念陛下圣恩，残存了点神识不散，竟能复活，捡回条命。"大元帅打量几圈，赞叹不已，不好多问，引神燹往乾坤天宫去。那火凤盘旋蔚蓝之间，欢叫一声，拍打双翅，拨着云霄去了。

各路大神上仙得了消息，皆来庆贺，极赞神燹神通了得，能穿越阴阳。或探问内隐，欲洞查生死之秘，轮回奥妙。神燹一一还礼，言辞谦恭，不敢得意。与圣禽大元帅步入天宫，往中央去。正待迈进宝华殿，天帝已迎了出来，朗声大笑："上苍赐福，神侯竟复活归来。甚幸！甚幸！"神燹立时跪下，惶恐道："陛下圣恩，罪臣万不敢当。"

天帝扶起神燹，赞叹道："爱卿竟洞悉了永生之道，实在了不得！"神燹不敢说出实情，含糊应道："微臣惭愧。冥冥中不知怎的，便复活过来，降回了阳间。"天帝探不出实情来，一转身，进了宝华殿。神燹亦步亦趋，一同入内，开口小心相问："不知而今形势如何？"天帝便吩咐："南疆小妖作乱，屡镇不止。神侯修道有成，正好攻伐鸿鹄妖，平反了下界之乱。"神燹赶紧遵命，道一声："定不负圣望，使天下大治。"其领了天帝命令，紧锣密鼓，调兵遣将，正要席卷南疆，安定鸿鹄妖之乱。倒不知二郎神已复活归来，降伏了鸿鹄妖王，亦准备逆天攻伐向上。

且说二郎神野心昭昭，不服管束，不甘退隐，自卑灵木之体，深恐遭天下人嗤笑，竟降伏了鸿鹄妖，掌控了反贼大军，妄掀翻乾坤，称霸为尊，好叫天下战栗，莫敢非议。其中山神不肯屈服，趁乱溜出妖营，遁离数百里开外。其心下戚戚，深叹世事无常，感天地间无立足之处，遂生出逃离之心。其暗藏行踪，一路东奔，跨越汪洋，寻着紫麒玄域所在，悄然溜了进去。盖其恐惧二郎神无边法力，万分无助，欲假夷人庇护，逃出此方天地。

紫麒府中，山神寻到书房里，冒冒失失闯进去，开口便问："不知夷人何在？"紫麒道人大吃一惊，心道：此贼子怎敢闯来此地！当下神色不动，不敢表露，引山神到客厅里，相让坐下。山神焦虑不安，复催促："小子欲逃去海外潜藏，恳请道长相助。"

紫麒道人疑声相问："不知生了何事？好端端的怎敢与外夷私通。"山神顿时急了，袒露了心机，咒骂开来："二郎神恶厮竟复活了！已降伏了鸿鹄妖王，谋划与上庭开战。时局将乱，此间岂还有容身之地！"道人吃惊不小，暗道：二郎神法力强大，此间怕无人能制，恐是场大灾祸！便闻山神复恳求："小子欲逃去海外，乞望道长搭救一把。"紫麒道人应允道："安心便是。小道便遣童子唤来夷人，保汝逃出升天。"话音落时，道人长身而起，悄向童子交代几句，叫他去了。那童子唯唯称是，跑出了紫麒玄域，驾着云朵，往九重天上去。

那童子疾驰向上，穿越九重天阙，及至南天门外，遭守将挡下。守将大喝："哪来小童，怎敢跑来天界耍玩！还不从速退去！"童子好言请求道："俺自东海紫麒玄域而来，奉师尊命令，向圣庭报信儿来了。"

守将长居圣宫，素来高傲，挥手便斥："小童玩儿去，莫来捣乱！"童子进不去乾坤圣宫，登时大呼："二郎神复活了，正要造反哩！"守将大喝："天宫门前，怎敢喧哗！若不离去，把汝丢进天牢里去。"童子恼他凶恶，心有怒火，不敢发作，便往回奔，抱怨道：报信儿竟比登天还难！

童子徘徊于九重天上，远看着乾坤圣宫，进也进不去，想不出法子，往云海里一坐，急得快要哭出来。恰见神獒驭火凤而来，童子急声叫唤："大神！俺有要事相禀。"神獒心下好奇，喝一声"咄"，令火凤停下身来。火凤长唳一声，转个弯儿，拍打双翅，煽起狂风，正好停在童子身前。

童子大喜，赶忙向神獒参拜。神獒不识得此子，笑曰："哪来童子！还不回家玩儿去。"闻神獒如此一说，童子急声道："汝些个上神大官儿，欺我人小，不晓得俺有大事汇报！"神獒心下大奇，复劝他："小子快且归去。天宫威严，可不是戏耍之地。"言罢，作势欲离。童子大急，果真道明实情，大呼道："二郎神复活了，正要造反。汝些个大神怎能不管！"

神獒赫然大惊，赶忙追问："此消息可曾属实？汝自何方而来？"童子据实答："吾自紫麒玄域而来。正奉师尊命令，向上庭报信儿来了。"神獒心思一转，已有了决定，喝一声："领路！"火凤已低下身姿，舒展双翅，伏在云端上，朝童子轻声唳叫。童子欢呼一声，轻身一跃，已跳到火凤背脊上去了。

那火凤载上了童子，欢唳一声，调转方向，穿破云霄，直向东海去。及至紫麒玄域，火凤毫不逗留，径直穿行进入。神獒携着童子跃下火凤，大步往厅堂里迈，呼喝道："山神何在？"山神正焦虑不安，望清了来人，赫然一吓，急步出来，跪下来参拜道："神侯复活再生，小子竟全不知晓！"神獒一把扶他起来，捶他一拳，朗声笑道："好小子！身板儿倒还硬实。"紫麒道人步上前来，向神獒躬身施礼，恭敬道："神侯之忠义美名流传天地，今日再见尊容，实属三生有幸。"

神獒赶忙还礼，谦逊道："久仰大名。道长高瞻远瞩，敢借外夷之力来平荡反贼,实在气概不凡!"互相礼让一番,三者皆入座大厅。

神獒便问:"石头好端端的,怎要逃去外夷蛮荒地?"山神唉声叹一口气,颓然道:"二郎神降伏了鸿鹄道王,正图谋大变局。此间哪还有个容身处!"神獒紧盯着山神,双目间幽火直欲喷薄,义正词严,斥责:"怯懦!二郎神胆敢逆道而行,石头正好追随本侯,捣碎了那贼!"山神顿时生出豪气来,遵一声"喏",应道:"全听神獒命令。"其音铿锵,掷地有声;其色决绝,慷慨敢死!

正此时,陡然闻童子来报:"师尊!二郎神已在界域外求见。"山神骇然失色,惊呼:"恶贼竟追来此处!该如何是好!"神獒斥他:"石头慌个什么劲儿!小小二郎神何惧之有!"

紫麒道人已站起身来,向二者摆手,好声建议:"二位暂行退避,且叫本侯与贼子周旋一番。"山神已吓破了胆儿,连忙应"好",身子一跃,钻入地底去,不见了踪迹。神獒亦有手段,魂魄离体而出,化成缕黑烟,融入虚空里;身体化归圆玉,温润饱满,乃是个神獒雕像,仰首欲啸,正立在大厅中央。

紫麒道人已把二郎神迎了进来。蚌精紧随着二郎神,莲步款款,满眼脉脉含情。此妖精尝遭二郎神遗弃,懊悔悲伤,自封于湖底。桃灵亲往游说,方叫她解禁而出,加入反贼大军中。不想而今又被二郎神哄了,俘获了芳心。二郎神不愧是个情场老手,全把世间女子耍在手心里。道长笑道:"谣传真君遭反贼谋害,不该信其真也!"二郎神气概威武,目色愈显高傲,全不把道长放在眼里。其身子一跃,跨坐到神獒玉雕上去,俯视着紫麒道人,问道:"窃闻道人与夷人来往甚密,借得巡航舰队为用。不知可有此事?"

道人心中不由咯噔一下,暗道:此贼竟为了联盟而来!果不其然,便闻二郎神直言道:"本君欲借巡航舰队一用,不知道长以为如何?"

道人心骂二郎神狼子野心,背叛圣庭,与贼子同流合污。其心下轻视二郎神,便断然拒绝道:"真君神通盖世,驰骋战场无敌,何需外夷舰队相助?"

自复活以来,二郎神深感难融于世,自卑自怜,逃避自封,以致步入歧路,愈行愈远,性情日益焦躁,一言不合便动了杀意。那二郎神蓦地气势高涨,压迫向紫麒道人,杀意凝实,声音森冷冰寒,缓缓道:"可愿借舰队一用!"紫麒道人神通虽强,怎敢同二郎真君相拼,受其压迫,冷汗涔涔,身子漱漱直颤,似已支撑不住。道人敢怒不敢言,开口求饶:"全服从真君差遣!"二郎神这才撤去了威压,跃下神獒雕塑,大笑道:"吾与道长共开辉煌。"笑音未落,一手揽上蚌精,已迈出大厅,身形一闪,出了紫麒玄域。

山神从深下钻出脑袋,叫嚷道:"竖子张狂!"神獒亦活了过来,向紫麒道人交代:"道长万不该受降于二郎神。那厮妄自尊大,岂能敌得过九天十地各方神王!"道人生怕神獒误会,赶忙表态道:"绝不与反贼同流!神侯放心便是。"

神獒赞曰:"道长大智!"复安排:"事不宜迟!本侯即刻归去,遣兵步将,与道长两相会合,一同击溃了反贼大军,活擒了二郎神!"道人立时赞曰:"便依此计而行。"二者遂分头准备,要杀二郎神个措手不及。

再说二郎神驾着祥云,怀抱蚌精,一路西驰,终于归回了大营中。其与蚌精一路缠绵,情欲正起,立时云雨开来。那蚌精生得肥美鲜嫩,绝非其他女妖可比。贝壳紧封,张阖有律,当中妙情无限;舌苔曼卷,粉芯嫩蕊,已是沉醉难拔。

此二者皆通道法,能汲灵华,精力无限,甫一耍开来,顿时溺于其中,竟停不下来。也不知过了多久,陡闻鸿鹄妖高声相报:"天兵大举来攻!"二郎神不惊反喜,周身宝华一闪,已披上了战铠,冲出营寨,直往高天去,大喝一声:"来得正好!"鸿鹄妖长唳一声,显化出本体,紧追二郎神去了。大小妖兽登时行动开来，吵嚷一团，化本体，弄神通，闯进寒障里，冲入四野，寻天兵天将决斗。中间斗志之高涨，体态之凶恶，实在不愧为叛反敢为之师！至于那个蚌精，还陷在情海中，微微呻吟，酡红裸体，沉醉不醒。

妖兵凶怪正四下搜寻天兵踪影。岂料，正此时，雷炎爆破之音轰鸣不止。无尽雷液倾泻而下，噼啪炸响。烈炎激荡，横流溢散。巡航舰队撞碎了虚空，破开迷雾，幽幽森森，已合围了妖兵大军。百门重炮一同发威，怒吼不止，全欲翻覆了此处。二郎神大骂："好个麒麟，胆敢戏耍本君！"其高声大呼："孩儿们！且追随本王，掀了此些个死物！"

呼音未落，已抢先而发，三月神戟往上方一指，搬神通，接引来九天苍穹之威势。那三月神戟颤鸣不止，光芒暴涨，陡然化成只银色蛟龙，一头撞破了舰体，钻到里头去。只半顷工夫，那巡航舰"轰隆"爆开，射向四面八方。雷浆火炎溅射开来，当中夷兵全化成焦尸，饺子般洒落下去。妖贼皆受二郎神威势鼓舞，个个冲高，逆迎雷火而强攻，踏迷雾，踩云梯，姿态矫健，行动迅疾，全拿虚空当平地。

天兵天将显现而出，与妖贼激战开来。二十八方星宿、九重天阙之王及十方黑狱殿主，皆会合此间。神獒独当于前，拉满了弓弦，"嗖"一声射出了擎天箭。那箭矢化成火龙，直奔二郎真君去了。二郎神大怒，化出掌影，用力一握，把那火龙紧紧握住。火龙痛嘶一声，焰影消散，化成赤色箭矢，溜回神獒手中去。

黑獒一蹿而出，化成阵疾风，已扑到近前，直欲咬断了二郎神喉咙。二郎神堪堪避开，挥动三月神戟，同黑獒大战开来。一斗便斗到九重天上去。其二者皆由死复生，无惧无畏，大开大合，敢拼敢闯，威势浩浩激荡，凶险环环相扣。当真是巅峰对战，生死相向，险象环生！然其隐于九重天上，密于重重云雾里。斗争虽激，却不为下方所知。

神獒兼修雷火奥义，足下驭闪电，目间射真火，毛发烁烁，炎铠离离流光，雷袍熠熠生辉。治世弓一晃，便激出万丈光芒；擎天箭一动，化成赤色蛟龙。贯穿生死，悟彻轮回。阴阳并济，刚柔相辅，频频有绝杀，招招攻势猛。那二郎神不意久战，假神兵之威，接引来九天无穷威势，一时倒把神獒压制住了。其尝居上神之位，今日同妖贼相勾结，一时倒欺瞒了天道，盗取九天之势，压制了黑獒。

那三月神戟中间镌刻无上法阵，与高天星辰相接，勾动昊日之力，连通苍穹威势。此神兵偷了上苍之大威势，幻化成银色巨龙，五爪狰狞，神态凶恶，恣意张扬，追着黑獒便咬。况且那鸿鹄妖亦听从二郎神的召唤，冲高而上，挟浩浩火海，朝着黑獒撞击过来。二郎神同妖贼相勾结，一同压迫着黑獒，竟叫黑獒落了下风。

这黑獒怀忠义之情，有勇敢之心。其凭一己之力，敢同大权大势者苦斗。其由生而死，由死复生，早已看淡生死，悟彻存亡。其心系苍生，隐于九重天上，对敌苦斗，坚毅而不屈。那二郎神自恃手段高强，不可一世，同反妖相勾结，终露出了伪善面目。

此时，下方战斗亦有了结局。天兵天将大获全胜。圣禽大元帅闯入贼寇大营里，一眼瞥见蚌精裸躺在大榻上，不由惊呼："好个淫妖精！作奸犯科，正好公之于众！"其手上已运神通，秩序之链激射出来，紧紧捆住了蚌精，绑得结结实实。蚌精痛呼，连连求饶。大元帅全不去管，把女妖丢到营帐外，暴露于广众之下。大小天兵皆来围观，品头论足。蚌精委屈难当，孤愤难言，身子抽搐不已，呜呜哭泣开来。圣禽大元帅便哈哈大笑。

便有天将请战："神獒正同二郎神决战于九重天上。愿随大元帅前往相救。"这大元帅心下自有小算盘，巴不得黑獒与二郎神同归于尽，好独占了尊位。便闻这圣禽大元帅斥道："那黑獒由死而生，暗下自有大人物相助，何需尔等操心！"

那黑獒性情耿直，素来独往，不懂经营之道，不通利害权术。故而常陷孤立无援中，濒于绝境而奋勇相抗。倒也是它的命理！

正此时，九天上阴风大作，魔气自四极冲出，汹涌翻滚，一下子遮蔽了苍穹。原来是魔尊怕黑燹吃亏，暗下发力，以盖世大法召唤来极暗深下之纯阴魔气，覆盖了高宇，淹没了烈阳。天地一时昏暗。那银色巨龙再无天威可借，悲鸣挣扎，急速暗淡下来，化成了三月神戟，竟为魔云所慑，消散不见。二郎神怒叱一声，化出个大掌影，探进魔云中去，终未能把神兵夺回来。魔云又朝二郎神席卷而来。

漫天皆是魔云影，四下全是阴风吹，二郎神躲避不得，恐惧不已。其陡然运神通，身躯暴涨，化成个百丈巨人，伸手一抓，竟把昊日攫在手掌中。周下阴魔之力果真退避开去。此贼子竟敢扰乱天行之常，蔑视道法，耍弄造化之力，盗取日月神辉！

二郎神盗取了昊日之辉，向黑燹压迫而下。这黑燹由死及生，由魂体结合美玉而复活。竟有些支撑不住，魂魄有些不稳。二郎神同鸿鹄妖相勾结，为恶为奸，又岂能压得过浩然正义！此时黑燹仰天长啸一声，魂体蓦然飞出，高至百丈，扑上来一裹，便把昊日包住了。

鸿鹄妖以为有机可乘，一冲而来，一下子撞碎了黑燹的玉石身体，叫它的魂魄不得归返。而此时，阴魔之气围了上来，把二郎神与鸿鹄妖一道儿淹没了。那二郎神来不及呼救，魂魄已遭拘禁，离体飞出，为魔气所慑，无力挣脱，被魔尊擒住，放逐于无间地狱，永隔凡尘，镇封不出。那鸿鹄妖的魂魄也被魔尊摄了去。

天地一片清明。那轮昊日，又重悬在高空上。

只是那神燹再也不曾重现于世。世间不知它的下落，传言它同二郎神同归于尽，永远地消散了，又说它归返了万灵魔窟，守护天地平安。倒有一首词广为流传。

词名《黑燹精神》，曰：

千般难，万般苦。拼了性命为了谁！怨众生碌碌，恨百姓不悟。饱尝无助，常逢悲凉，流了红尘无尽泪。终归盈此生。不虚度，攀上辉煌。

　　断崖前，绝壁旁。担了大义徊生死。忠天地沧桑，浩王者精神。至善无形，大美难言，已然升华超然意。难得自在心。俯苍生，淡了荣辱。

　　这黑獒品性至纯，不屑人情礼法，小视世俗常规，自有一份王者风采。傲视九天，而独啸寒山。然其难容于红尘，独行独往，唯与大道同在，只同天地相伴。受诟骂，遭奚落。大仙恨其孤傲，天神妒其尊贵。那黑獒终归难现于当世。哀哉！

后记

坚持，实在是份侥幸

无须隐瞒，创作这部小说的时候，我正陷于人生的最低谷。一方面深受失恋的打击，整日惶惶不安。另一方面，离开大学校门不久，融入到了混乱的社会中，便好似一滴清纯的水，一下子落进了混沌中，几乎快要叫我迷失本心。身陷于滔滔洪浪中，随波漂卷，苦苦挣扎，随时都要溺死。我唯一能做的，是紧紧地抱守住文学的梦想，不让自己受了社会的侵蚀。我将自己困守在一个人的牢笼里，与世界彻底地隔绝开来。

常常一个人怀抱着创作到一半儿的作品，在城市里流浪。没钱吃饭，也没钱坐公交，连插上电脑创作的地方都没有。是消沉，也是蜕变，很难完全地把孤独与抑郁分隔开来。文学，实在是一种自我的放逐。

只是这份放逐与流浪，又实实在在地升华了自己。有那么一段时间，自杀的念头时时会蹦出来，每天都要花费一些时间来说服自己，让自己活下去。没有工作，没有任何的收入来源，是什么让我坚持下去的？是对文学的责任么？是对于文字的信仰么？其实都不是。之所以支撑下来，只是因为一直在逃避社会，逃避命运，也逃避死亡。

从小到大，从未有人告诉过我，应该要怎样生存于世。一个内心空白如纸的孩子，一个单纯得近乎痴傻的孩子，什么都不懂，什么都不会，还想要干一番轰轰烈烈的大事业，能不先抑郁一下吗？是什么让我守住了内心最深处的宁静，是什么让我超脱出来？

大概还是文字。文字让我找到了自己的价值。同时，在生死之间不停地徘徊，也锻造出了一颗勇敢的心。生存时时遭遇挑战的时刻，你不得不直面死亡。

作品完成后，当我再次浏览整篇稿子时，没有一丝得意，只感觉四周落下了沉沉的空乏，无边的懊恼，乃至于扼腕痛惜，情难自抑。实在是感觉到自己读书太少，心智太过简单。既不懂得社会，也不懂得人性；不懂得国家，也不懂得大自然。全凭想象力拼出了这篇小说，心性太过于稚嫩了。这样的作品，又怎比得上古来那些大师之作呢？纵然是文采上略有些聪明，也不过是萤火的点点光芒，实在不敢同皓月争辉。

曹雪芹、吴承恩他们当年所付出的是怎样的艰辛呢？是看透了红尘，还是逃避命运？什么时候，这个民族能再出现那样的大师呢？我要走的路还太远太远，只希望不要迷失了才好。我是幸运的，在还算年轻的时候，坚持了梦想。

非常地感谢艾增献老师。他是我进入社会后，第一位教给我人生智慧的长者。那时我失意困顿，完全是个迷茫的小孩。他出于职业责任，无私地同我交流了数个小时。他鼓励我去追求内心最喜欢做的事情，又告诉我行动是摆脱困境的唯一方法。他的咨询技巧非常娴熟，对我进行了悉心的引导。他说自己也曾有失意的时刻，每个人都如此。

非常感谢张楸枫老师在NLP领域所给予我的成长历练。NLP这门学问能够有效地打破一个人的心智模式，能真实地改变一个人的命运。只是，又有几人能悟得这门学问呢？张楸枫老师说："人在落难的时候，你要去拉他一把。"这让我意识到了我自己所处的状态。

感谢王占奎老师所给予我的关爱。我从未见过哪位企业家能够像王占奎老师那样如此坦诚地帮助年轻一代人。或许是因为经历得太多，对社会早已看透，反而没有心计了。在一无所知的年纪里，遇见了王占奎老师，实在是件很幸运的事情。

感谢我的父亲，给予我支持和信任。感谢张剑老师和岳朝中老师在书稿方面对我的指点。

感谢与我一同追求梦想的小蔡。遇见小蔡，也是缘分。

感谢所有应当感谢的人。

我希望我能走得更远。

李海纯